ほんとうの贅沢

吉沢久子

あさ出版

はじめに

　人は年をとります。私も年をとりました。今年（二〇十五年）で九十七歳になります。そして、九十七歳の私なりに、元気に楽しく、ひとり暮らしの気ままな日々を満喫しています。

　むかしのようにはいきません。できなくなったことも増えました。買い物に出るのがつらい日も、台所に立つのが億劫な日もあります。

　でも、そうした体の衰えが出るのは当たり前のことですから、そういうものと受け止めています。無理はしませんが、家事などできることは、時間をかけてでも、なるべく自分でやるように心がけています。

　こうして仕事もさせていただいています。若いころのように夜遅くまで原稿に向きあうような無茶はせず、自分のペースでコツコツと続けています。

老いてこそ、自分の足で立ちたい。
人によりかからず、自分らしくいたい。
自立したい。私はそうありたいのです。

「自立」という言葉は、すごく偉そうに聞こえるかもしれません。
ただ、私はこれをとてもシンプルに考えています。

自分の頭で考え、考えたことを行動に移せる。

それが、自立ではないでしょうか。
そうして自分の思い描いたふうに生きていけるのは、とても贅沢で幸せなことなのです。

ただ、「自立した生き方」と聞くと、どうしても身構えてしまわれる方も少なくないかもしれません。

これまで、夫や子どもなど家族を優先させ、自分のことはいつも後回し。考えることはおろか、立ち止まる余裕すらなく、ただ、目の前のことを夢中になってやってきた――。

そこで、どんなに「自分の頭で考え、考えたことを行動に移す」のが贅沢で幸せだと頭ではわかっていても、「では、具体的にどうすればいいの」と思われるのは当然のことかもしれません。

そんな不安をなるべく取り除き、一歩踏み出せるようにと、私の経験や考え方をまとめました。

本書があなたの背中を押す、「一握りの勇気」になれば幸いです。

目次

1章 いくつになっても「自分の足」で立つ

2章

自分なりの「価値観」を持つ

3章

「踏み込まない」「踏み込ませない」人付き合い

4章

「自分らしく」生きるとは

5章

人生をどう「しまう」か

編集協力／玉置見帆
本文デザイン／mika
本文写真／織田桂子
特別協力／青木華恵

1章

いくつになっても「自分の足」で立つ

老いて「ひとりで暮らす」ということ

夫が亡くなって、私がひとり暮らしをはじめてから、もう三十年になります。九十七歳にしてひとり暮らしをしていると、「寂しくありませんか」「大変ではありませんか」と、心配してくださる方もいらっしゃいます。
私のように老いてひとりで暮らしていると、つらく寂しいことのように考える風潮もありますが、ただ、私はひとりがいいから、それを選んでいるだけなのです。

ひとりは、とても気ままです。
ひとりなら、家の中では大きな声で歌ってもいいし、じっと黙っていてもいい。自分の食べたいものを食べ、過ごしたいように過ごすことができます。誰に気兼ねすることもありません。

読書をしているときに声をかけられ、楽しみを中断することもないですし、もう少し眠りたいような朝は、誰かに邪魔されることなくゆっくり眠ることもできます。

これは、誰かと一緒に暮らしていればできないことです。

話しかけられればおしゃべりしなければいけないし、「夕食にはその人の食べたいものを用意しよう」とか、「いいタイミングでお茶を用意しよう」とか、何かと気を遣うことになるでしょう。

もちろんひとり暮らしですから、できる限りのことは自分でします。

私の一番の関心事は、とにかくおいしく食べること。だから、食事を作るのはちっとも苦になりません。

また、ホコリや汚れなどは気づいたときにササッと片付けてしまうので、毎日部屋中に掃除機をかけるような大変さもないのです。

洗濯も、下着類は夜のうちに手洗いで済ませてしまいます。一人分ですし、長年続けてきたことです。やってみれば、たいした手間ではありません。


このようにとても気ままなひとり暮らしですが、生活のリズムは大切にしています。

朝はたいてい八時半くらいにベッドを離れ、早く目覚めてしまったときは、本を読んだりテレビを見たりしながら、時間までベッドの中でゆっくりします。お天気のいい日は、窓を開け放って、心地よい風の中でもう一度寝ることもあります。


起きたら、まずは庭に出て水をまき、前日の汚れものが残っていたら片付けてから、朝食をしっかりといただきます。

日中は、原稿を書いたり、訪ねてきてくださる方とお話ししたり、手紙を書いたりしながら過ぎていきます。仕事がなければ家事です。お掃除をしたり、

1章

いくつになっても「自分の足」で立つ

お総菜の作り置きをしておいたり、庭で育てている野菜の手入れをしたりします。

やることはたくさんあって、あっという間に時間が過ぎていきますから、ひとりが寂しいなんて思う暇もありません。

夕飯をいただくのは、夕方六〜七時くらい。食後の過ごし方はその日によります。お風呂に入らず、朝、シャワーで済ませる日もあります。

何かと立て込んだ日はすぐ寝てしまいますし、最近はもう少なくなりましたが、もし夜にお客様があればお酒に付き合って過ごすこともあります。この自由を満喫できるのもまた、ひとり暮らしのいいところです。

「はじめに」にも書いたように、私は、老いてこそ自立して生きたい。

そう思ってきました。

ただし、そこで自分の権利だけ主張してもうまく生きてはいけません。自分が自立したいのなら、人のことも認めましょう。

人にはお節介やきできびしいのに、自分に甘くては自立にならないからです。

人は、どうしても自分に甘くなりますから、いつも自戒が必要だと思っています。

もちろん、自分に甘くなるのは、ある程度は仕方のないことです。

でも、すべてがそうでは困ります。

自分に厳しくできること。

それも、自立のひとつではないかと私は思うのです。

「自分の価値」を値踏みしない

自立しようと心に決めたとき、必ず必要になるもの。
それは、自力で生活できる基盤です。
精神的に自立するだけでは、本当の意味で自立できないからです。
やはり、経済的にも自立する必要があります。
食べていくことができなければ、人を頼るしかなくなります。
年金や貯蓄を切り崩していく、生活のかたちもあるかもしれません。しかし
それも、先細っていくばかりで不安が尽きません。
だから私は、いくつになっても仕事をしていたいのです。

昔は、夫に「誰に食わせてもらってるんだ！」と言われると、妻は黙るほかありませんでした。女性の職業が極めて少なかったからです。精神的には自立していても、生活そのものが人に寄りかかった状況だと、自分が考えた通りに生きていくのは難しくなります。

私が小学生のころ、同級生のお母様が学校の先生をなさっていました。その子が「うちのお母様は職業婦人なのよ」と、自慢していたのを覚えています。女性が仕事を持つことがそれだけ珍しい時代でした。

しかし幸いなことに、今は女性も当たり前に働ける時代です。歳をとってからでも、働く機会はたくさんあります。

若くして結婚し、子育てをして、そのまま年齢を重ねた人たちの中には、五十代、六十代になってから働きはじめることに、二の足を踏む方もいるかもしれません。

「自分にはできない」と、はなから諦めている人もいるでしょう。

1章

いくつになっても「自分の足」で立つ

男性でも、定年後の毎日がもの足りなく感じられ、ただ働きたくても、新しい何かをはじめることには、躊躇してしまっているかもしれません。けれど、自分にどんな力があるかは、それを発揮してみてはじめてわかります。やってみなければわかりません。

だから、ここは自分の価値を信じて、とにかくやってみたらいいと思うのです。

アルバイトでもパートでも、いいではないですか。どんなかたちであっても、働くのは大変なことです。

一時間働いても、もらえるのは数百円だから、大変なのではありません。仕事をはじめればやはりいい仕事がしたくなるでしょうし、「認められたい」「自分を生かしたい」という気持ちになります。

そのためにできることを考えよう、工夫しよう、やってみよう、となるから大変なのです。

ただ、大変ではあっても、楽しいものだと思います。

人は考えることをやめてしまったら、自分らしく生きているとはいえないのではないでしょうか。

いくつになっても、変化を怖がらずに、意欲的でいられる。

そうあれたら幸せだと思います。

「自由に使えるお金」を持つ

ひとりで暮らす老後には、お金が欠かせません。

その理由のひとつは、自分でできなくなることが、確実に増えるためです。たとえば、庭の手入れを業者に頼んだり、食材の買い出しに宅配を頼んだりと、お金に頼って済ませることが多くなるのです。

もちろん、趣味や旅行、お付き合いなど、老後を充実させ楽しむためにも、お金が必要です。

付き合いといえば〝病気〟との付き合いも、やはり増えていきます。病院に通ったり、介護サービスを受けたり、最終的には施設や病院にお世話になることを考えると、お金はあって困ることはありません。

なかには、「いざとなったら子どもの世話になるから」と、考えている人もいるかもしれません。ただ、そうであっても、生活費や医療費の負担まで子どもに負わせるのは考えものです。

それは、自立した姿とはいえないからです。

未来ある子どもたちの生活を壊さないように、少しでも負担を軽くするために、親はできるだけのお金を残しておく工夫をすべきだと、私は思います。

いざというときに使えるお金がある。

これも「自立」に欠かせない条件です。

先にも言ったように、昔は女性が自分の自由に使えるお金を持つことは、簡単ではありませんでした。そもそも仕事がなかったのです。

妻は家にいるのが当たり前で、何か買いたいものがあるときは、ちょっとしたものであっても、夫に頼んでお金を出してもらう。

それがふつうのことでした。

私が地方の村に足を運んで、昔の女性たちの暮らしについて取材したときのこと。そのときインタビューさせていただいた、以前は庄屋だったという裕福なお宅の奥さんが、「うずらを飼っています」と言うのです。

家が裕福でも、奥さんが自由に使えるお金はありません。

だから、うずらに卵を産ませ、それを売って、自分のお小遣いにしていたのです。「これが私の帆待ちです」と奥さんは言っていました。

帆待ち、とは要するに密かに貯めたお金のこと。言ってしまえば「へそくり」です。

昔の女性は、上手に工夫しながら、賢く帆待ちを貯めていたのです。

これは今でも同じことです。自由に使えるお金がある。いざというときの備えがある。

この余裕が、自立の支えになります。

「帆待ち」という言葉を聞くと、私は思い出すことがあります。

かつて、収入がまだ銀行振込ではなかった時代、原稿料などは自宅に現金書留で届いたものでした。

そこで、届いた現金の中から、シワひとつないピンピンのお札は、私がお小遣いとしてもらうと夫と約束したのです。

ところが、届く現金は、ピンピンのお札のほうが多いことも珍しくありません。たいていは夫のほうが家にいて配達を受け取るものですから、夫は書留であれば自分のものでも私のものでも先に開けて、ピンピンのお札があると、くしゃくしゃっと丸めて皺をつけてしまうようになったのです。

それを私が見つけて、「ずるい！」と文句を言う。そんなふうにして、よく笑いあったものでした。

節約したりするのもひとつの方法ですが、私のように楽しみながら帆待ちを貯めるのも楽しいものです。

いつかのために、今から少しずつ備えておくことで、本当にお金が必要になったとき慌てずにすみます。

自立は、お金と切っても切り離せません。

誰かに寄りかかって生きることのないように、誰かに頼りたくなるような状況に自分を追い込まないために、心の余裕、お金の余裕を上手に作っていくことが大切です。

介護問題は〝あえて〟笑ってみる

歳を重ねてからの自立を志すとき、多くの方が直面するのは、親の介護問題ではないかと思います。

私も経験があります。

介護というのは、いつ終わるかわからない仕事です。

ことに認知症ともなると、物言いが激しかったり、心ないことを言われたり、それまでの本人とまったく違う人のようにしか見えなかったりと、つらいことが重なるものです。身近な相手だからこそ、なおさらつらいのです。

あんなに素敵だった人が、しっかり者だった人が、どうしてこうなってしまうのかと、だんだん壊れていく姿に苦しみます。

そういうときは、あまり真剣に向き合わない方がいいと思います。

「私が死んだらいいと思ってるんでしょ！」などと言われて、真剣に受け止め、ひどくショックを受けたりするよりは、「これは病気が言わせているんだ」と考えたほうが、気も楽になります。

むしろ、おもしろがるくらいの気持ちでいられたら一番です。


私が姑の介護をしたのは五十代後半から六十代にかけてで、もう三十年以上前のことです。今になって思い返すと、「もっと笑いながら過ごせばよかったな」と思うのです。

姑はとてもおしゃれな人で自立心がありましたが、認知症になってから妙にトンチンカンな格好をして出てきたりしました。

そんな姿を見せられて、がっかりしたり、悲しくなったりする気持ちもあるのです。でも、「あら、おもしろい格好してますね」なんて思い切って笑ってしまったほうが、気持ちが軽くなるものでした。

あるときは、姑が突然「ロンドンで買ったビロードのコートが着たい」と言い出しました。そんなコートを見たことがなかったので、「どこにあるんです？　私見たことないし、知らないけれど」と言うと、「あら、あなたビロードって知らないの？」と言うのです。

そのときは、話が通じないと私もオロオロしたものですが、今思えば、「そうなんですよー」ととぼけてみせたりして、笑ってしまったほうがよかったなと思います。

介護は命を支える仕事ですから、真剣にもなります。

大切な人が変わっていく姿を見せられ、心も日々疲れていくものです。笑っている余裕などないかもしれません。

それでも、あえて笑ってみてほしいのです。

笑えるだけの心の余裕がなくならないように、自分自身にも気を配ってあげてください。

介護ばかりに一生懸命になって、自分自身のことが疎かになってしまうと、介護はますますつらく苦しいものになっていくはずです。

それでも、どうしてもつらいときには、ミニ家出をしてみましょう。

私も、夜中に何度も呼び出されて眠れず、気持ちが荒んでしまったような日には、阿佐ヶ谷にある家から電車に乗って、横浜あたりまで出かけたりしていました。ほんの二、三時間のミニ家出です。

とにかくひとりになって、何にも邪魔されず、煩わされずに、自分のことだけを考える時間がほしかったのです。

ひとりで横浜の道を歩いていると、あるときふと何かが目に入ってくる瞬間がありました。いつも通っている道だけれど、ここにこんなお店があったのね、と気づくのです。肉ちまきに目がとまって、「おばあちゃんこれ好きだから買っていこうかな」なんて思うのです。

そうすると、やっと心に余裕が出てきたなと感じます。「そろそろ家に帰ろうか」と、思うことができました。

たとえば、介護の愚痴を友人に聞いてもらったりすることも、いいガス抜きになります。笑い話に替えて話して聞かせれば、いい気分転換になるかもしれません。

けれど、本当につらいときは、自分で自分と向き合うことでしか、自分を救えないのです。

介護のつらさで、だんだんと心が痩せていってしまう前に、最後の最後で自分を救うための逃げ道を、見つけておくことが大切です。

自分の心を上手にメンテナンスする。

その方法を見つけておくことも、「自立」には必要な条件です。

時間がかかっても自分でやる

エッセイストの岸本葉子さんは、ごきょうだいで手分けして、ひとり暮らしをされている、八十代のお父様の介護にあたっていらっしゃいます。

先日、岸本さんにお会いしたときこんな話を聞きました。

お父様に靴下を渡して、「靴下、自分ではけるでしょう」と促したら、お父様が「はけない」と言い出されたそうです。

それは、きっと甘えなのだと思います。ひとりは寂しい。構ってほしい。心細さを、「はけない」という言葉にしておられるのかもしれません。

とくに、母親や妻になにくれと、世話をやかれて過ごすのが当たり前であった年代の男性は、ひとりになると、急に心が弱くなってしまうことがあるようです。

このお話をうかがって思い出したのは、姑のことでした。

私たち夫婦が同居を持ちかけたとき、姑はまず断ってきました。ひとりになったら老人ホームに入るつもりで、そのためのお金もすでにあるというのです。

当時七十六歳であった姑が、誰にもよりかからずに余生を生きぬこうとしていた姿は、私の心に強烈な印象を残しました。

それというのも、私の実母が姑とは真逆の生き方をした人だったからです。

私がまだ幼いころ母と父は離縁して、私は母に引き取られました。

しかし、時代が時代ですから、女性に仕事などありません。結局、私たち母娘は、別れた父に援助してもらって生活したのです。

物心つくころには、母が私によりかかって生きていこうとしているのが、すでにわかっていました。母の存在を重荷に感じていた私は、早く自立することだけが目標で、十五歳のときには働きはじめていました。

そういう事情もあって、老いてもひとりで生きていこうとした姑の姿勢が、まぶしく見えたのです。

しかし、姑も歳をとるほどに、ひとりでできないことが増えていったのだと思います。どんどん身支度の時間が長くなっていきました。

「お食事ができました」と声をかけて、「はい、今行きます。ありがとう」と返事をもらってからも、なかなか姿を見せないのです。

おそらく、姑は足袋をはくのも不自由するようになっていたのだと思います。それでも時間をかけて自力で身支度をととのえ、食卓に出てきていました。

最後まで私に泣き言ひとつ言わず、自分でできる範囲のことは、必ず自分でするようにしていたのです。

姑の姿を間近に見て、自分もそうありたいと願ったことが、今の私の原点になっています。

なるべく人に頼らない

ひとり暮らしは私にとって、最高のわがままです。とても気楽で、贅沢な幸せだと私は思います。

自分の生き方を自分で決める自由のあることが、幸せなのです。

私はこの贅沢を貫いていくために、なんでも自分でしなければならないと、いつも気を張っています。

「なるべく人に頼らない」ことを、常に心がけているのです。

もちろん、折に触れて私を気にかけ、助けてくださる方たちはたくさんいます。本当にありがたいことです。

私は家事も仕事もしてはいますが、さすがに体力は衰えてきて、難しくなってきたこともあります。もちろん歳も歳ですし、人に頼ることもあります。

また、頼らざるを得ない場合もあります。歳をとり、ひとりになってみると、意外なことが負担に感じられたりするものです。


たとえば、ベッドメイキング。手足の動きがおぼつかなくなってきた年寄りがひとりでこなすのは大変です。片方を引っ張ったら、次は逆サイドへ移動して引っ張ったりと、重労働なのです。

そこで、姪に頼んで来てもらうのですが、彼女にも都合があります。お互いのスケジュールを合わせるだけでも、手間がかかります。

改まったお礼はしにくいので、来てくれたときはお菓子などさりげなく渡して、持って帰ってもらうようにしています。


頼めば来てくれる人がいる。

だからといって、それを当たり前だと思ったら、頼るのが日常になってしまうでしょう。それが怖いのです。

だからこそ、なるべく頼らず、自分でやらなければ、と常に自分を戒めることが必要です。頼られると、やはり相手は困るのです。

あれもこれもしてほしいでは、身内といえども嫌になるはずです。だから、甘えすぎて困らせないようにしなければなりません。

そうでなくとも、人は歳をとるほど自分に甘くなります。頼ることが当たり前になれば、ますます自分を甘やかすでしょう。

「もう若くないから掃除もほどほどでいいだろう」

「少しくらい洗いものをためてもいいだろう」

「若い人にちょっと無理をお願いしても許されるだろう」……。

それが当たり前になるのが、私は嫌なのです。

私は、自分のことだけ考えて過ごせる、ひとり暮らしという贅沢をしているのですから、なおさらできることは自分でやり、気を張って、生きていきたいと思うのです。

また、なにかと気を配り、体をちょこちょこ動かすのは、長寿の秘訣でもあるそうです。男性より女性のほうが長生きなのは、あれこれ人の世話をやいて気を配り、動き回るからだといいます。

ベストセラー『脳の強化書』（あさ出版）の著者で、脳のスペシャリストである加藤俊徳先生も、「人のために気遣うことが、健康にも良い影響を与える」とおっしゃっていました。

「夢中になれる」何かを見つける

ひとりで暮らすことで得られる一番の喜びは、すべての時間を自分のために使えることです。

しかし、その時間を使ってやりたいこと、好きなこと、夢中になっていることが、ひとつもない人には、あり余る時間をもてあましてしまい、逆に苦痛になってしまうかもしれません。

ですから、心から自分が打ち込める好きなことや趣味を、少なくともひとつ持っているのが、ひとりの時間を幸せに過ごせるかどうかの、分岐点になると思います。

「趣味など特にない」という人は、見つけることから、ぜひはじめてください。ただ、それは、明日突然見つかるかもしれないし、ひと月たってもなかなか出会えないこともあります。出会いの神様はとても気まぐれです。

ですから、その気まぐれをも楽しんで、気長に探してみるといいと思います。「あれはどうかな」と考えたり、試したりしているだけでも、気が紛れて、寂しいなどと浸っている時間がなくなるものです。

「そういえば昔、楽器をちょっとかじったな」とか、「テニススクールに通ったこともあったな」とか、過去を振り返るのもひとつの方法です。

でも、もし当時、「ブームに乗り遅れまい」とはじめてみたけれど続かなかった、「これをやったら人に自慢できそう」という程度のものだったなら、おそらくあなたはそれが〝好き〟ではなかったのです。

好きでないものは身につきませんし、打ち込むこともなかなか難しいでしょうから、他をあたってみたほうがいいと思います。

出会いはどこに転がっているかわかりません。とにかく常にアンテナを立てておくことです。

私の親戚にも、〝好きなこと〟を見つけて、生きる楽しみを取り戻した人がいます。

彼女は夫を亡くして、まるで抜け殻のようになってしまいました。お葬式の手配さえ何も手に付かず、ただ呆然と座っているだけで精一杯。

その様子がとても気にかかって、私は声を掛けました。

「あなた、絵を描いてみたら」

亡くなった旦那さんが絵を描いていたので、画材や絵の具は揃っているのだから、すぐにはじめられるだろうという考えがありました。

「最初からカンバスに描くのは大変でしょうから、絵手紙からはじめたらどうかしら」

そう言って、歌人であり書家でもある会津八一さんの絵手紙をまとめた本を渡したのです。

そのときは「いえ、私なんか……」と尻込みしていたのですが、おそらくその後やってみて、おもしろかったのだと思います。

彼女は今でも絵を描くことを続けているようで、「私、とっても忙しいのよ」と楽しそうにしています。


好きなことに出会うきっかけは、どこにあるかわかりません。

なかなか見つからないという人は、流行りだからやってみようとか、人に良く見せようとか、自慢したいとかいった気持ちがあるのかもしれません。まずは、そこから離れてください。

やっていると心が満たされ、充実して、時間が過ぎるのを忘れてしまうほど楽しいと感じられたら、素敵です。

好きなことをやっている間は、そんな心持ちになります。

しかし、幸運にも好きなことが見つかったのに、周りから、

「また、あんなことやってる」

「そんなに上手じゃないのにね」


などという雑音が、聞こえてくるかもしれません。

それこそ余計なお世話というものです。そんな声は適当に聞き流してしまいましょう。

好きなら、他人の心ない言葉など無視して、自分がやりたいようにやっていけばそれでいいのです。

何も人様に迷惑をかけているわけじゃなし、ご自身が楽しいのが一番です。

2章

自分なりの「価値観」を持つ

お葬式くらい「自分の思い」を通してもいい

姑は九十六歳で亡くなりました。

足を痛めたのをきっかけに、ベッドで横になって過ごすようになってから半年ほどしたころ、姑の食が極端に細くなりました。そこでかかりつけ医に勧められ、入院することになったのです。

病院からの迎えを待っていたその日、私が入院のための荷物をまとめて姑の部屋へ行くと、明らかに姑の様子が違いました。口をゆるく開けたまま、身じろぎひとつしないのです。

そうしてそのまま、ゆっくりと眠るように息を引き取りました。

長生きしたために、姑自身のお友達はほとんど先に亡くなっていました。お葬式をしたところで、いらっしゃるのは私たちへのお義理で足を運んでくださる、姑の顔も知らない方たちです。

なかには、社会的地位のある方や、大変忙しい方もいます。通夜や告別式というのは突然のことですから、世間体だけでするのは申し訳ないように思えました。

そこで、夫の兄弟たちが話し合い、子どもと孫だけで姑を見送ることにしたのです。

お供えものは、生前姑が好きだったチーズケーキと紅茶にしました。花だけは惜しみなく飾れるだけ飾り、花に囲まれた中で、姑の思い出を語り合いながら、送り出しました。

とても質素でしたが、本当に豊かで気持ちのいい時間でした。私たちにとっては、これ以上ない見送り方だったのです。

夫も「お葬式だから出てこい、と忙しい人たちに言うのは申し訳ない。自分のときも同じようにしてくれ」と言っていました。

そして姑が亡くなってから三年後、夫の古谷もまた、とても安らかに亡くなりました。

私は夫が望んでいた通りに、誰にもお知らせせずに身内だけで見送ることにしました。ただ、私たち夫婦はマスコミの方とお付き合いが多かったものですから、古谷の死は報道で流れてしまったのです。

それでも、私たちの思いをたいていの方は承知してくださいました。

ただ、お付き合いのあった方や、当時私が郵政審議会の委員をしていた関係で郵政大臣、そのほかにも著名人などから、お花が届きました。

お気持ちは大変ありがたかったのですが、飾るときにはたったひとつのお花をのぞき、名前や会社名、肩書きのプレートをすべて抜いてから飾りました。

なぜか。このお気持ちに社会的地位や、お花の大小は関係ないと思ったからです。

たったひとつの例外は、夫の学生時代からの親友であった大岡昇平さんからいただいたお花でした。

シンプルなお花に、ご自分の名刺をさしたそれだけは、大岡さんと夫の深いお付き合いもあり、そのまま飾ったのです。

また、古谷の昔の教え子など、事情を知らずにわざわざ足を運んでくれた方もいました。身内だけで送りたいとお伝えしたらわかってくださって、少し離れたところで見守ってもらいました。

こうして、夫の望んだかたちで見送ることができたのですが、後になって「自分がお葬式に行くことを拒否された」と、文句を言われたことはありました。

今から三、四十年前は、まだ妻が喪主をすることさえ一般的ではありませんでした。息子がいれば五、六歳の子どもであっても、喪主として立たされたものです。

今では喪主が妻であっても珍しがる人はいなくなりましたが、とにかくそういう時代でしたから、お葬式はせず身内だけで送ったことを、苦々しく思う人もいたのです。

でも私は、見送りは他の誰よりも、亡くなった本人が望むようにしてあげることが大切だと思い、夫の望んだ通りにしました。

ただ、世間の常識からすれば、どのように思われるかは私もよくわかっていましたので、実行するのには一握りの勇気を必要としたことも、今だから言えることです。

お葬式くらい、自分の思いを通していいのではないでしょうか。

世間の目とか、親戚付き合いとか、義理とか、気にすることはないのです。

人の目を気にして、自分のやり方を曲げることはありません。

譲るときは、いさぎよく譲る

自分のやりたいようにやる。

自分の「価値観」をしっかりと持つ。

それは大切なことですが、いつでもどこでもそうあろうとすると、かえってほころびが出るものです。人付き合いや、親戚との関係の中で、自分の思い通りにならないことはどうしてもあります。

とくに冠婚葬祭など親戚の関わってくることは、口を出してくる人が多くて、思ったようにやれないことも珍しくありません。

かつては家、家族という単位がとても重要で、良くも悪くも人は家に縛られていました。

今は、家のつながりやしきたりといったものは、かなり希薄になっていますが、それでも昔の名残はあります。それが顕著になるのが冠婚葬祭で、みなが思い思いに口を出してくるので大変です。

そのため自分の思い通りには、ならないこともありがちです。

自分にとってそれほど重要でないことなら、割り切って、波風立てるより、相手に合わせることがあってもいいのです。


譲るときは、いさぎよく譲ります。それもひとつの勇気のかたちです。

自分なりの思いがあったことは、自分が理解していればいいことです。

自分と相手との間には、単に「考え方」に違いがあるだけだとわかっておくことです。

人間である以上、意見が合わないのは仕方がないことですから。

「仕方がない」と、気持ちよく割り切ったほうが生きやすくなります。

ただ、割り切るためには、日頃から「ここまでは譲れるけれど、ここは譲れない」というふうに、あらかじめ線引きを決めておきます。

決めるといっても、難しく考えることはありません。単純に、「ここを曲げるのは嫌だな」と思ったら、その気持ちを大事にすればいいと思うのです。


たとえば、私はお金の貸し借りはしないようにしています。相手との仲がこじれる一番の原因になるからです。

「貸したお金は返ってこない」と思うべきだと、私は思っています。相手が「返せない」となったときに、嫌な思いをするのはお互いさまです。

ですから、もし「お金を貸してほしい」と言われ、何か手助けしたいと思えば相手の要求額にかかわらず、こちらでできる範囲のものを用意します。

そして、「私にはこのくらいしかできませんが、返す必要はありません。ご自由にお使いください」と差し上げてしまいます。そうすれば「貸したお金はどうなっただろう。いつ返ってくるだろう」と、いつまでも気に掛けることがないからです。

そこは私の譲れないところですから、そのようにしています。

断ること。譲ること。

そうして自分を通すこと。

その勇気があるのが、自立した人間といえるのではないかと思っています。

先にも書いたように、家族のつながりが昔よりも希薄になっているこの時代、煩わしさが減った一方で、歳をとっても本当に頼れるのは自分だけ、という現実もあります。

だからこそ自分の価値観をしっかり持って、ぶれることなく生きていくことが、とても大切だと思うのです。

自己主張は「日頃の自分」がものを言う

私には私の考えがある。

それがどうしても譲れないことなら、貫き通せるよう頑張るしかありません。

しかし、すべてのことに対して、自分の意のままにならないからと、人の意見に反論したりするのは、単なるわがままにすぎません。

わがままずべてが悪いとは言いませんが、四六時中わがまま放題やっていると、孤立してしまうでしょうね。

もしそれが自分が生きるうえで、どうしても譲れないほどの大切なことであれば、譲る必要はありません。

ただし、譲らないと決めたことは、その理由をはっきりさせる、自分なりの考え方がしっかりしている必要があります。

そこでものを言うのが、日頃の自分です。

日々の生活の中で、相手と議論になったとき、それが自分にとって絶対に譲れないものでないなら、我慢して相手を受け入れておきましょう。

自己主張はここぞというときだけ。そのほうが、相手の心に響きます。

かなり昔のことですが、夫の実家で暮らしているある奥さんが、こんな話をしていました。

病気になった子どもをお医者さまに連れて行こうとしたところ、姑が「そんな必要はない。お稲荷さんに拝んでくれれば治る」と言って、連れて行くのを許してくれないというのです。今では考えられないことですが、昔の地方ではそういうことがよくありました。

「普段から、ああしろ、こうしろ、とうるさく言われても、『はい、はい』と言っておきなさい。そして、子どもが病気になったときだけは、『どうしてもお医者さんに診せたい』ときっぱり断りなさい」と、アドバイスしたものです。

普段はものわかりのいい人が、突然強く自己主張すると、相手はひるんで思わず受け入れてしまうものなのです。

嫌なときに「嫌」とはっきり言うために、普段の些細なことには口出ししない。それが、自分を通すための知恵です。

日頃からわがままな人は、どうしても譲れない場面に遭遇し、自分の意見を言っても、「いつものわがままがはじまった」ですまされてしまうのです。

生きていく中で、譲らざるを得ない場面が、きっといくつもあります。自分を通すよりも、相手に譲ることのほうが多いはずです。

しかし、その我慢が、本当に大切なとき、本気で自分を貫きたいときの布石になるのですから、決して無駄ではないのです。

相手にも「考え」がある

人は、一人ひとり違います。

人それぞれ価値観を持ち、それぞれの考えを持っています。

そして、自分とは違う相手を尊重してこそ、自身もまた尊重されると思います。

逆に考えれば、自分さえよければいいと考え、自分の権利ばかりをふりかざして、相手の考えを無視していたら、それは必ず自分に返ってきます。

誰からも、認められなくなってしまうでしょう。


人と違っていいのです。

自分と違う考えに目くじらを立てるのは意味がありませんし、意見を戦わせても実りは生まれません。むやみにぶつかるのは、人生の浪費です。

違っても仕方ない。

そういうつもりで生きたほうが、気持ちを乱されません。そういう人間は、認められたい生き物です。だから、人のことも認めます。そういう態度で生きるほうがいいと思うのです。

もともと、意見が違う相手を説得しようとしても、そう簡単にはいかないものです。自分と相手の立場を入れ替えてみれば、よくわかります。相手の意見を強く押しつけられても、簡単には納得できないでしょう。それは相手だって同じです。

だから、違うことを受け入れる。

それも、ひとつの勇気のかたちではないでしょうか。

ただ、自分はそのつもりでも、相手がこちらを認めず、強く意見を押しつけてくることもあります。何気ない一言を、自分の都合のいいように受け取って、勘違いしてしまう人もいます。

ですから、私は会話の中で相づちを打つとき、

「あらそう？」

「そうなの？」

と言うだけにしておいて、決して、

「そうね」

とは言いません。

要するに、相づちは打っても、同意はしないのです。

以前、共通の知人について不満をこぼしている人の話を聞きながら、単なる相づちのつもりでうっかり、「そうね」と返してしまったことがあります。

その人はそのたった一言を聞いて、自分への肯定ととってしまい、あちこち

で「吉沢さんもそう言っている」と、伝えてしまったのです。以来、私は気をつけています。言葉というのは難しいものですね。

価値観の合う人と一緒にいられるのは、とても幸せなことです。言いかえるなら、価値観が人と合わないのは当たり前のこと、普通のことで、お互い違うのだと認め合うことで、はじめて居心地よく一緒にいられるようになります。

違いを楽しんだり、おもしろがったりする余裕があったほうが、生きやすくなると私は思うのですが。

こだわりを捨ててみると

お正月は必ず料理を用意して、お屠蘇《とそ》をいただいて、お祝いをしなくてはならない。

お盆には、必ずお墓参りをしなければいけない。

お中元やお歳暮は、絶対に贈らなければいけない。

古い世代の人間ほど、そう考えがちです。

季節が巡るのに合わせて、昔ながらのやり方で行事を行なうのは素晴らしいことですが、体に無理をさせてまで、それにこだわる必要はないように思います。

足腰の痛みに耐えながらお節料理を用意するくらいなら、お店に注文して届けてもらえばいいのです。今はスーパーマーケットや、コンビニエンスストアでも予約ができます。

体調が悪いのに、暑い最中無理にお墓参りをして、体をこわしては意味がありません。お墓に眠っている方も喜ばないでしょう。

遠くからであっても、死者を悼み、生前の出来事を思い返して過ごせば、それで十分ではないでしょうか。

私は夫を亡くしてから、お正月は友人であるノンフィクション作家の、高見澤たか子さんのお宅にお邪魔するようになりました。当時、高見澤さんは家族五人で暮らしていらっしゃいましたが、今ではひとりになり、ここ数年は毎年二人で元日のお雑煮を一緒にいただいて、お正月を祝っています。

しかし、去年のお正月、私は少し具合を悪くしていましたし、高見澤さんもご病気でした。そこで、「今年のお正月は、ホテルへ行ってご馳走を食べよう」ということになったのです。

実は、夫が存命のころ、我が家ではお正月の数日間をホテルで過ごすようにしていました。

というのも、お正月に家にいると、頻繁に来客があったのです。そのたびにお屠蘇を出したり、ご馳走を用意したりで、私は毎年クタクタになっていました。見かねて夫が「ホテルで過ごそうか」と言ってくれたのです。

それからのお正月は、家族三人ホテルへ行くことにして、周囲には「お正月はいませんから」と伝えました。姑も、我が家へ孫たちを呼ぶよりは、ホテルに呼ぶほうが気兼ねしなかったようで、喜んでいたものです。

そのころ、都内のホテルはお正月になるとガラガラでしたから、予約は簡単にとれましたし、歓迎されました。

その記憶があったので、高見澤さんともホテルで過ごそうかという話になったのです。

私には、お正月にもうひとつのイベントがあります。それは、甥の家族全員が訪ねてきて会食をすることです。

正月休みのどこか一日を決めて、赤羽や横浜など方々に散っている十一人の甥の家族が、我が家に集合するのです。

働き盛りの若夫婦や、イタズラして回る年頃の小さな子どもたちがやって来ます。ちっともじっとしていませんから、外で食事をするのは難しいのです。

しかし、私はもう何も用意することができませんから、近所のトンカツ屋さんに行ってもらって、トンカツやエビフライ、クリームコロッケなど好きなおかずのお弁当を買ってきてもらうのです。

お弁当の買い出しに行ったり、片付けのために台所に立ったりするのは、甥の長男や娘たちの旦那さん三人です。

慣れた様子で、手分けして食器を洗ったり、拭いたりする姿には感心します。赤ちゃんをあやしたり、おむつ替えしたりするのもとても上手です。

昔は「男子厨房に入らず」などと言われ、お世話するのは女性、されるのは男性という構図が当たり前でした。時代は変わったのだなと思います。

昔気質な気難しい男性は、若いときと同じように、力仕事や一家の主人の仕事をこなすことが重要であると考えてしまいます。歳をとってそれが難しくなると、必要以上に落ち込む人もいます。

歳をとった。
できなくなってしまった。

それでいいではないですか。できない自分を認める勇気を持ってください。認めたうえで、他にやりようはないものか、考えてみてください。楽をしても、手を抜いてもいいのです。あっさり誰かに任せてみるのも、いいではないですか。
こだわりを捨てることで、新しい楽しみ方を発見できることもあります。無理に頑張り過ぎないほうが、生きやすいこともあると私は思っています。

自分のことは自分で決めるしかない

不安や迷いというものは、私の年齢になってもなくなりはしません。生きているから、そのとき、そのときで、考えなければならないこと、決断しなければならないことに出会うのです。そのたびに迷い悩むのは、当たり前のことです。

悩みに結論を出すとき、誰かに相談するという選択をする人もいます。それが悪いとは言いませんが、私は若いときから、相談するということをあまりしませんでした。あったとしても、「洋服はどちらが似合うかしら」という程度のことです。

なぜなら、自分のことについて、自分と同じくらいに考えてくれる人などいるわけがないと思うからです。

相手がどれだけ親身になってくれても、あくまで他人の悩みですから、自分の悩みほどには本気になって考えないでしょう。私だってそうです。

また、人それぞれ考え方が違うのですから、私なりの考え方で答えを出すのは、私にしかできないことです。

自分の悩みに結論を出せるのは、自分しかいません。誰かに相談して、出してもらった結論通りに動くなど、素直というより、自分に対して無責任すぎます。

人の言葉に従って動いてしまうと、失敗したとき、とかくその人のせいにしたくなってしまうものです。

しかし、自分で判断し、行動したのであれば、何が何でも一生懸命になるよりほかないし、その結果については自分で責任を持たざるを得ません。

他者の意見を聞くのは大切ですが、決定はあくまで自分です。

少女のころから私は、自分がどうしたいのかを自分で考えてきました。そして、現実にそれをやり通すためにはどうすればいいのか、どうやれば人に迷惑をかけずにすむかを、一生懸命考えました。

両親揃って穏やかに育ったわけではなかったので、少女のときから早く自立したいという思いがありました。その気持ちが、私の生き方の背景にあるのだと思います。

相談するのが悪いのではありません。ただ、相談した相手に結論を丸投げして、言われた通りにするのは間違っていると思います。

自分の結論についての意見を求めたり、それを実現するためにはどうすればいいかアドバイスを求めたりするのが、相談する意味だと思います。

あくまで、結論は自分で出す。

そして、結果の責任は自分。

自立した大人であれば、これをわきまえることが重要です。

相談事の九割は、自分の中で方向は決まっているものです。

要するに、「こうしたい」「こうしなきゃいけない」と、すでにわかっているのだけれど、ちょっと誰かに話だけでも聞いてほしい、というのが、人に相談するときの本音です。

悩み事の解決策を教えてほしいと望んでいるわけではないとしたら、相談事を持ちかけられたときには、下手に口を出すより、聞き役に徹したほうがかえっていい結果になると思うのです。

とにかくよく聞いて、「なるほどね」「そうなのね」「大変ね」と共感し、ところどころで感想を述べたりします。

「どうしても」と、強く意見を求められたときは、

「私はこう思うけれど、他の人がどう思うかはわからないし、あなたにはあなたのお考えがあると思うのよ」

といったニュアンスで伝えます。

そうすると、たいていの人は聞いてもらえたことに満足して、落ち着くのです。こちらはとくに何も言っていないのに、「いいお話を聞かせていただいてありがとうございました」と帰っていく人もいます。

結局は、自分のことは自分で決めるしかない。

みな心の奥底では、それがよくわかっているのではないでしょうか。

自分で決めて、やってみて、もし失敗したらやり直せばいいのです。

自分で決めたことだと思えば、失敗しても納得がいきます。一生懸命やった結果なのだから、しょうがないと思えます。

自分で決める勇気を持ちたい、と私はいつも思っています。

3章

「踏み込まない」「踏み込ませない」人付き合い

人の「どこ」を見るべきか

人の悪いところなんて、三つの子どもでもわかる。

意地悪な人とか、妙な格好している人とか、一目見れば子どもだってすぐにおかしいとわかるだろう。

でも、人のいいところは大人じゃなきゃ見抜けない。

だから、いいところを見たほうがいい。

そのほうが自分の心の養いになる。


私は夫からよくそう言われました。

3章

「踏み込まない」「踏み込ませない」人付き合い

人のいいところ、優しいところ、美しいと思えるものは、どんなに小さくても見逃してはならない。

嫌な面は、見えても見るな。


そう言われつづけてきました。


とくに歳をとると、人の優しさに触れる機会が増えてくるものです。

ただそれに気づくためには、人のいい面を見ようとアンテナを張っておくことが大切です。

たとえば、この歳になってくると肉体的な衰えは避けられません。落としたものを拾うのも一仕事です。

そういうとき、通りすがりにさっと拾って渡してくれて、何事もなかったかのように去っていく人もいれば、「ああ、これは大変だ！」という具合に、必要以上に声を上げたり、「気にしなくていいですよ。これを拾うくらい簡単ですから」などと、恩着せがましいそぶりをしてみせたりする人もいます。

もちろん、どちらに対してもありがたく思うのですが、心に残る印象は少し違うものです。

さりげない優しさに触れると、心の養いになります。


相手のためを考えて、相手のために行動できる。

それが過不足なく、ちょうどいい塩梅《あんばい》である。

これが当たり前にできたらとても素敵です。

こうした優しさに触れるたびに、「自分も誰かに同じように優しくしてあげよう」という気持ちにもなります。相手のいいところに気づくことで、相手との関係もまた良い方向へむかいます。

そういう人間関係ができれば、最高ですよね。


逆に、相手の悪い面が目に付いたときは、見えていても見ないで、ただ心の中で、自分は同じようなことをやらないようにしよう、と思うだけです。

世の中、完璧な人などいないのですから、誰にだって、いいところもあれば、悪いところもあります。

つまり、どんな人にも、たくさんのいいところがあるのです。

そういう気持ちで、人と向き合ってみると人生楽しくなります。

人付き合いは〝八分目〟でも多すぎる

ひとり暮らしには、人とのお付き合いが日々に彩りを与えてくれます。

私にとっても、たくさんの方たちとの付き合いが、ひとり暮らしになくてはならないものになっています。

もっとも、人は十人十色、考え方も価値観も違う生き物ですから、誰とでも良いお付き合いができるわけではありません。私もこれまでに経験してきたいくつもの出会いで、失敗したこともありますし、疎遠になった方もいます。

そうして学んだことは、どんなに親しい相手であっても、相手の心に踏み込みすぎてはいけないということでした。

3章

「踏み込まない」「踏み込ませない」人付き合い

腹八分目といいますが、人付き合いでは八分目でも多すぎるかもしれません。特別にその人と仲良くしているという認識があると、たとえば、相手のことは何でも知っていなければ気がすまなくなったり、無遠慮になりすぎたりして、トラブルの種になりかねないのです。

東京には下町気質というのがあって、ご近所さん同士が身内のように親しく付き合うことがよくありますが、そういう仲でも〝親しさ〟についてのすれ違いはあるようです。

私の知り合いにも、家のお隣の方ととても仲良くしている人がいて、いざというときのためにと、お互いの家の鍵を交換していたそうです。

ある日、その人が外出から帰ってきたら、戸棚に作った覚えのないかぼちゃの煮付けが入っていました。

お隣があくまで親切心で持ってきてくれたらしく、不在だったので預かっていた鍵で中に入り、すぐ食べられるようにとその家のどんぶりに盛っておいたのだといいます。

しかし、その人は、いくら親しいとはいえ、不在中に家の戸棚を開けられるようなことは嫌だと、ひどく不快に思いました。

その一度のすれ違いから、仲の良かった二人はだんだん距離を置くようになったといいます。


どちらも悪意があったわけではないし、決定的に間違ったことをしたわけでもありません。人によっては、かぼちゃの煮付けを戸棚で見つけて、ありがたいなと喜ぶ人もいるでしょう。ただ、その人はそうではなかっただけなのです。


ここまでは、踏み込まれたくない。

この境界線の引き方は、人それぞれです。

人付き合いには心情が大きく影響しますから、相手の境界線がどこにあるか

「知らなかった」、境界線を踏み越えたけれど「悪気はなかった」では、通用しないこともあります。

その瞬間に気分を害するだけで、その後も変わりなく付き合いを続けられる人もいるでしょうが、場合によっては、一度仲がこじれると修復がきかなくなることもあります。

その人と末永く付き合っていきたいと思うのなら、その人の中にある、その人なりのルールを知ることです。

こちらの言動に対する相手の反応をよく観察して、相手がどこまで踏み込むことを許すか、どのあたりから許されないのか、考えてみることが必要です。

もし、こちらが親切のつもりで言ったこと、やったことに対して、相手に迷惑がられたとしても、腹を立てないこと。

「ここまでやってあげてるのに」「なんて失礼な」ではなくて、

そうなのね。

私とは違うのよね。


と受け止められれば、大人の付き合いになるでしょう。

自分の価値観と、相手の価値観の違いを知り、受け止める。

それが、八分目のお付き合いと私は思うのです。


頻繁に会ったり、長時間一緒に過ごしたりすることが、親しさの証拠だと考える人もいるようですが、私は違うと思います。

「ひとり暮らしが寂しいから」「退屈だから」と、電話をかけて長々と話し込んだり、毎日のように訪ねていったりするのは、〝良いお付き合い〟とはいえません。

単に甘えているだけです。

大切なことは、互いを思いやることです。

互いの暮らしを尊重し、理解し合うことです。

お互い自立していてこそ、友情はいちばん心地良いものになります。

だから私は、できるだけ、相手に何かをお願いしたり、頼ったりはしないようにしています。親しい友人であっても、軽い気持ちで甘えたりはしません。もし、どうしても誰かに頼りたくなったときには、自分が同じように相手に頼られたとき何をしてあげられるか、想像するようにしています。

自分にさえできないことを、人にしてもらおうとは思いません。

不思議なもので、考え方が似通っている相手であれば、性別も、年の差も関係なく、気持ちよく付き合うことができます。

お互いを認め合い、尊重して、ほどよく距離感を保つ。

踏み込まない、踏み込ませない。

お互いにそうやって気を遣うところから、親しいお付き合いははじまり、それこそが、大切な人と長く付き合っていく秘訣なのです。

噂話には参加しない

私は、相手の過去や出自にはこだわりませんし、あえて聞きません。目の前にいるその人を見て、お付き合いをします。

仮に相手から打ち明けられたとしても、決して踏み込みません。詮索もしません。批判したり、批評したり、結論づけたりもしません。ただ、聞くだけです。

年の功といったものを期待されるのか、アドバイスを求められたりすることもありますが、いくつになっても確かなことは誰にも言えないものです。

ですから、決して断定的なことを言ったりはせず、

「もし私だったら、こうするかな」

と伝えるにとどめます。

ひどく込み入った話や、気軽に返事をするのがはばかられる場合には、「それは、私がお返事する立場にないので……」と、お断りする勇気も必要だと思います。

そして、その打ち明け話を後から蒸し返したりはしないし、もちろん他人に話したりもしません。

お付き合いにおける最低限のルールです。

歳をとると、とかく世間がせまくなり、噂話が楽しくなってしまいがちですが、後味がいいものではないと思います。

自分も他の誰かに「あそこのお宅はこうらしいのよ」などと、噂されていると思うと、いい気分はしないはずです。

悲しいことですが、あることないこと吹聴したり、一のことを、十や百くらい大げさに言って非難したりする人はいます。親しくしている人、信頼していた人が実は裏ではそうだった、という話もよく聞きます。

だから、誰に対してでも、自分の事情を無闇に打ち明けたりするのは避けるほうが賢明です。

私は、噂話好きの人たちの輪の中には、参加しないようにしています。その場を離れられないなら、うまく話をそらすか、それが難しいなら、噂話を面白がったり、賛同したりするそぶりは決して見せないことです。

相手の「誇り」を汚さない

長く生きていると、どうしても、いろいろなことに気がついてしまうようになります。年の功というのか、「ちょっとおかしいな」と思われることが目に付くものです。

そのうえ、周りはみんな年下ということになると、

「ちょっとそれは間違っていない？　こうするものなのよ」

なんて、遠慮なく言ってしまいがちです。

それが悪いわけではありません。年長者として、若い人たちに教えることも大切なことだと思います。

ただし、年長者だからといって、若い人たちに何でも言っていいわけではな

いと私は思うのです。


人には誇りがあります。それは大切なことです。

同時に、相手の誇りを汚さないことも大切です。

ですから、年齢や性別に関係なく、相手を尊重する気持ちを忘れてはいけません。

その人の自尊心をへし折るような言い方をしたり、触れてほしくないところに触れたりしないようにするのも、年長者だからできることでしょう。


そんなことも知らないなんて。

こんなの常識でしょ。


こういった言い方をしないことです。

相手が誰であろうと、尊重する。

この気持ちを忘れたくないのです。

相手を尊重する気持ちがない人の言葉は、言っている内容が正しかったとしても、相手には受け入れられません。

相手の心に響かないのです。

今の若い人たちは、大事に育てられすぎているように感じます。あまり苦労をした経験がない人が多いのです。

苦労知らず、というのは必ずしも悪いことではないのですが、打たれた経験が少ない分だけ、打たれ弱いのです。感情の動きに歯止めがきかないところがあるように思います。

ほんの些細な間違いでも、指摘されると、すぐにカッとなってしまったり、逆に必要以上に落ち込んでしまったりする人が、少なくないのがそのためです。

そこを非難したくなる方もいるでしょうが、私たちが幼いころそうだったように、親どころか近所のおじさんやおばさんにも雷を落とされ、ひどく叱られたような環境が今はありません。
若者たちの打たれ弱さは、なるべくしてそうなったとも言えます。ある意味、仕方がないのです。

ですから、年長者として若い人たちに何か言うとしたら、私はこのように言います。

「私たちはこのように教えられたけれど、あなたたちは言われてないものね」
間違ったのは、知らなかったのは、あなたのせいじゃないものね。そういうニュアンスを含めるわけです。
こういった言い方をすることで、相手の自尊心を傷つけず、気づきだけ与えることができます。年寄りの言葉をおせっかいに感じがちな若い人でも、案外耳を傾けてくれるものです。

関わり方ひとつ、言葉ひとつ違うだけで、人との関係は大きく変わります。

3章
「踏み込まない」「踏み込ませない」人付き合い

そして、相手を尊重することは、良い関係を築くための絶対条件です。
自分を大切にするだけでなく、人もまた同じように尊重する勇気があること
が重要なのです。

お互いの間に尊敬の気持ちを持つ

老人問題、介護問題を研究していらっしゃる、社会学者の春日キスヨさんから、あるお話しを伺いました。

お年寄りが家族と同居していながら、亡くなってから一週間たってようやく気づかれるといったような悲しい事例は、それほど珍しくないのだそうです。

家族の距離のとり方というのが、どうも難しくなっているように感じます。

家族の問題で、とくに歳をとってから悩まされるのは、今も昔も変わらずやはり嫁姑問題でしょうか。

以前に比べると、お嫁さんも強くなってきたという話も聞きます。

また、姑にひどくいびられた奥さんが、いざ自分の息子が嫁をもらい、姑という立場になってみると、自分が受けてきたことに対する思いがいろいろとあるのか、必要以上にお嫁さんに厳しくなることもあるそうです。

逆に、家族のあたたかい気持ちが、お年寄りを寂しい状況に追い込んでしまう困った例もあります。

とても仲の良い家族がいて、嫁姑の間もうまくいっていました。

姑はとても苦労した方だったので、これからは誰にも気兼ねなく、ゆっくり快適に暮らしてもらえるようにと、息子夫婦は部屋の中にお風呂やトイレの揃った、まるで豪華ホテルのような姑専用の部屋を用意したそうです。

ところが姑は、ひと月もしないうちに「寂しい」と泣き出してしまいました。

結局、これまで通りほとんどの時間を、家族と一緒に過ごすようになったといいます。

家族は何も、姑を仲間はずれにしたかったわけではありません。

それどころか、大事に大切に考え、よかれと思ってしたことだったのですが、姑の気持ちには添わなかったわけです。

そういう話を聞くにつけ、家族の距離のとり方というのは、一筋縄ではいかないないなと思うのです。

私が姑と同居をはじめたのは、もう五十年以上も前のことでした。

当時、プレハブ住宅が登場しはじめたばかりのころ、子どもの勉強部屋に最適、といったふうに売り出されていたのです。

私は興味を引かれて、自分の勉強部屋にしようと思い、庭の一角に六畳一間ほどの大きさで建ててみました。

ちょうどそのころ、舅が亡くなり、姑が我が家へ来ることになりました。

すると姑は、プレハブの掘っ立て小屋を見て、「私、ここに住むわ」と言うのです。

我が家は夫の仕事柄、来客も多かったので、家にいるとお客様が来るたびに

「いらっしゃいませ」と顔を出しに行かなくてはならない。でも、別棟で離れて暮らしていれば自分は無関係でいられるから。

そういう理由でした。

でも勉強部屋は、本当に単なる小屋なのです。住むための設備は何もありません。

私たち夫婦は慌てて、トイレや台所をつけたりしました。

すると何だか面白くなってきて、「次は電話をつけましょうか」「表札も出しましょう」「新聞も別々にとりましょう」となり、さらには姑の持っているものを全部新しくしてしまおうということで、湯飲みから冷蔵庫まで買い換え、その結果、まるで少女の部屋のようにかわいらしい部屋に仕上がりました。

姑は介護が必要になるときまで、そこで楽しげに過ごしました。

それは、私たちにとって、とてもいい距離感だったと思います。

そういう距離感を自然と作れる姑だからこそ、私はすっかり尊敬してしまいました。

その後、ひとり暮らしをしながらの今の私があるのは、姑の生き方から多くのことを学んだからです。

お互いの間に尊敬の気持ちがある。

それが良い人間関係を作る一番の近道です。

世の中は「自分中心」で回っていない

あるとき、甥からこんな話を聞きました。

「マンションの住人が雪かきをしてくれない」と言うのです。

近頃では冬場、関東に雪が降り積もって、雪かきが必要になる日もあります。

一軒家なら、我が家の前の道をきれいにするのは、そこに住んでいる者の義務です。

しかしマンションとなると、その責任の所在はあいまいになります。なかには、知らんぷりする人もいるようです。そのうえ、知らんぷりする人というのは、他の場面では激しく自分の権利を主張するような人だというのです。

自分さえよければいい。
自分の主張さえ通ればいい。

そんな感覚になってしまうと、自立などあったものではないと思います。

たしかに私たちには権利があります。けれど、同じように義務もあることを忘れてはいけないと思うのです。

どこであっても住んでいれば、小さな義務がついてきます。

たとえば、ご近所付き合いや町内会でのお付き合い。回覧板がいい例で、いい加減に放っておく人もいるそうです。

たしかに、こう言ってはなんですが、たいした情報をもらえるわけではありません。それでも、一応は目を通して、サインして、隣に渡すことをきちんとしておくのは義務だと思うのです。

町内会費を集めるのも、気持ちよく渡すのも住む者の大切な義務でしょう。

歳をとると、共同での清掃活動や、資源回収などは手伝うのが無理になる場合もあります。それでも、顔を出してあいさつするくらいのことは必要です。

雪かきもそうです。

重労働だからと、若い方たちに任せて知らん顔することもできます。もうお歳だから、なんて周りも思ってくれるかもしれません。

でも、その好意に甘えすぎないことが大切だと私は思います。

一度甘えると、甘え心はどんどん大きくなっていきます。

そうならないように、自分にできることは自分に課するのです。

できるところだけ手伝ったり、せめて「ありがとうございます」「お手伝いできずすみません」と一言伝える。些細なことですが、その感謝の表現が大切なのです。

やってもらって当たり前。

やらないのも自分の権利。

そんな気持ちでいて、いいわけがありません。

逆に、せっかくやってくれた相手に対して、「余計なことを」と文句を言う人もいます。そうかと思えば、別のところでは「どうしてやってくれないいんだ！」と怒ったりするのです。

要するに、自分中心に物事が回っているつもりになっているからでしょうね。物事を自分中心に考えていると、周りの人は次第に離れていってしまうでしょう。

自分が快適に暮らすためには、自分以外の人たちも同じように快適に暮らせるように、心遣いをすることが必要なのです。

4章

「自分らしく」生きるとは

「孤独」とうまく付き合う

ひとりでもいいじゃない。
私はそう思います。

ひとりは孤独。
そう思う人もいるでしょう。
でも、孤独でいいではないですか。
孤独な自分と、道連れになっていけばいいではありませんか。

子どもが独り立ちし、連れ合いに先立たれ、ひとりで暮らしていたら、それは孤独なのでしょうか。

ひとりで暮らしていても、折に触れて独立した子どもたちが連絡をくれたり、近所の方やお友達が訪ねてきてくれたりする。

ふらりと外を歩けば、笑顔をかわす人もいるし、おしゃべりをする相手がいる。

ひとりで過ごす夜には、明日の予定を楽しみに早めに休むこともあれば、アルバムを開いて眺めながら、過ぎ去った日々を懐かしんでみることもある。

そういう日々を、孤独というのでしょうか。

当たり前に生きて、人と出会い、別れて、自然とひとりになったのなら、それは「孤独」とは違います。

寂しいと感じる瞬間はあるかもしれませんが、自分次第で状況を変えることはできます。

お天気のいい日に散歩に出て、ご近所の方たちに声をかけてみる。

習い事をはじめてみるのも、ボランティアに参加するのもおすすめです。

体に負担にならない程度の仕事がないか、探してみるのもいいかもしれません。

そうして一歩でも動きはじめたら、きっと寂しさを感じる暇などなくなってしまいます。


本当に孤独なのは、孤独を自分で引き寄せる人です。

要するに、ひどく威張っていて、主張だけはご立派で、人の話を聞き入れず、何かとケチで、その結果、誰も寄りつかないような人を、一般的には孤独というのではないかと思います。

人を受け入れない人は、自分も受け入れてはもらえません。

老人ホームなどでも、日がな一日ひとりロビーに座っていて、誰にも付き合ってもらえないような孤独な人がいると聞きます。

常に不機嫌だったり、文句ばかり言っていたり、自慢話ばかりしていたりすれば、そうなるのも仕方ないのです。そういう人たちは、もしかしたら、自分が孤独であることにさえ、気づいていないのかもしれませんね。

ひとりの暮らしは、必ずしも寂しさや孤独につながるものではありません。ひとりと上手に付き合っていければ、人生はいくらでも楽しくなります。

「人生いろいろ」――人はそれぞれ違うもの

寂しいと感じたときでも、私などは、炊きたてのご飯でおにぎりを握ってパクリと食べたら、それで幸せになってしまいます。

あつあつの塩味のおにぎりのおいしさは、日本人ならわかる味ですよね。

ひとりだから、ちょっとお行儀が悪いことをしても人目がない。

ひとりだから、できる。

それがとても嬉しいから、寂しさなんて吹き飛んでしまうのです。

ひとりは寂しいという印象は、作られたもののように感じます。

4章

「自分らしく」生きるとは

同年代の友人が、結婚生活を楽しげに送っているのを目の当たりにすると、どうしても焦ってしまうような人もいるかもしれません。

結婚に対する願望があってというなら仕方がありませんが、仕事も充実していて、プライベートも趣味にお付き合いにと楽しんでいるけれど、自分と友人をとりまく状況の違いに不安を感じている……というのなら、杞憂というものです。

人はそれぞれ違います。世の中には、いろんな人がいます。

そして、幸せも人それぞれ。

決まったかたちなどありません。

だから、幸せのかたちも、人と違ったからといって自分が満足なら、別に気にすることはないのです。

ちなみに結婚という問題に焦点を当てるのなら、この時代、結婚するのはいくつであってもいいと私は思います。

当然、結婚しないという選択肢もあります。

かつては、男女とも結婚しなければ一人前扱いされませんでしたから、せざるを得ない状況がありました。

けれど今は、男性だろうと女性だろうと、仕事は実力次第で認められることができるし、独身でも立派に社会人として生きていくこともできます。世の中はどんどん変わっているのです。


こういうと、「少子化問題はどうするんだ！」などと怒られそうですが、それも考え方次第です。

世の中は変わってきています。

結婚というかたちをとらずに、子どもを産むことがあってもおかしくはありません。現状では、そういう人たちが安心して、子育てできるような環境にないかもしれませんが、いずれ社会や法律は変わっていくでしょう。

これまでの道徳観も、変化するかもしれません。

4章

「自分らしく」生きるとは

変わらないものなどありません。
だから私たちは、変われない人になってはいけないと思います。
状況に応じて上手に変化できるほうが、生きやすくもあるのです。

いろいろな人がいて、いろいろな事情がある。
いろいろな考え方があって、いろいろな変化が起きている。
この基本を忘れないことです。

#「あなた」を作るのは、「あなた」自身

振り返ってみれば、私にも、寂しいというか、ただ楽しく日々を過ごしてはいられない時期がありました。二十九歳、戦争が終わって二年ほどたったころでした。

ただ生きるために必死になっていた日々が突然終わり、呆然としてしまったのかもしれません。

もう三十歳になってしまう。

そこに漠然とした不安や焦りがありました。

当時の女性たちの多くは、戦争で夫や恋人を亡くしていました。私も結婚を考えていた男性がいたのですが、戦病死してしまい、ひとりでした。

その時代、その状況下で三十代という年代の女性たちは、ひとりでいることをつらく感じていた人が多かったと思います。

しかし、三十を過ぎてみると、何てことはありませんでした。

世の中は上向きになり、活気に満ちてきたころで、日々はとても楽しく、まだまだ自分は若々しいと感じられる瞬間がありました。


寂しいのなら、寂しさがなくなる方法を探してください。

その方法がわからないから苦しんでいる、と思うかもしれませんが、寂しいという人ほど、寂しさの中にどっぷりつかったまま、そこから抜け出そうとはしないものです。

ただ「寂しい、寂しい」と訴えるばかりで、終わってしまっています。

どうすれば、寂しくなくなるだろう？

そう考えるのをやめてしまっていませんか。

だから、状況は変わらないのです。寂しい自分を変えられないのです。

自分を作るのは、自分です。

寂しい自分のままでいるか、寂しい自分から抜け出すかは、自分にしか選べません。

もし「寂しくてもいいや」と思うのなら、それはそれで構わないのです。

自分で責任を持って、そういう生き方に徹すればいいのです。

過去の栄光はすっぱり捨てる

定年を迎えて仕事を辞めた。
子どもが巣立った。
介護が終わった。

そんなふうに、夢中になっていたことや、長年の役割から解放された瞬間、寂しさが入り込んでくるようなこともあるでしょう。
とくに男性は、これまで背負ってきた会社の名前や、仕事での経歴、肩書きがなくなってしまうと、とたんに生気が失われていく人も少なくないようです。

以前ある雑誌の編集長をなさっていた方が、定年で仕事を離れてからお会いしたら、「このごろ、僕は料理をやってるんですよ」と言われました。作るのに慣れ、上手になってきたら、実に面白いし創造的な作業であることがわかり、積極的にやっているのだとのこと。

「今日の晩ご飯はなあに？」と、奥さんが聞いてくるようになったそうです。

それからしばらくして、またお会いする機会があったので、「お料理してらっしゃる？」とうかがったら、

「してますよ。このごろは、妻が新聞に載っているレシピの切り抜きなんかをふっと出してきて、『これどうかしら』って言うんですよ。だから、挑戦したりしてみたり」

と笑っていらっしゃいました。

料理への趣味から、畑を作って野菜を育てることまではじめられたそうで、サヤエンドウをたくさんいただいたこともあります。

その方のように、過去の栄光をすっぱりと切り捨てて、新しい自分を探し出していける人は、人生が楽しくなるのだと思います。

逆に、過去を引きずって、後ろばかり振り返っていると、今を存分に楽しめません。

とくに、仕事がすごく充実していたり、大きな成功体験があったり、役職について人の上に立って仕事をしていたような人は、なかなかその過去から抜け出せないようです。

しかし、過ぎ去った過去にばかりこだわって生きるのは、自分で自分を小さな枠に閉じこめるような、とてももったいないことだと私は思うのです。

もちろん、生きる中で積み上げてきたものには、意味があります。経験の中から、若い人たちに教えられることも、たくさんあるはずです。

時代の流れから失われてしまったことや、経験できなくなってしまったことを、語り継いでいくことも大切です。

ただ、過去にあぐらをかいて、「自分はこれだけやってきたのだ」とふんぞり返っていても、これからの人生を充実させることにはつながりませんものね。

いくつになっても、誰にでも、可能性は無限にあります。

ひとつの仕事を終えたから、夢中になれることに集中できる、そういうことって、きっとあります。

でも、自分から見つけに行かない限り、それが何なのか知ることはできません。

歳を重ね、状況が変わって、いろいろなものが自分の手を離れていったとき、そこで一旦ピリオドをつける勇気を持ちたいですね。

過去と自分を切り離して、何もないところからスタートを切る。

それが、もう一度、新しい日々を充実したものに変えてくれると思うのです。

周りへの感謝を忘れない

三十年前、私の夫が亡くなったあと、すぐに友人が食事会を開いてくださいました。そこで友人たちから、

「ところであなた、これからまた結婚なさるつもり？」

と聞かれました。

「いえ、もうまっぴらでございます」

と私がおどけて即答したものですから、大笑いになりました。

結婚したことに後悔はないのです。

けれど、ひとりになって、これからはわがままに生きられるのだと思ったら、

その自由をむざむざ手放したくはありませんでした。

それから三十年余り、今もってひとり暮らしを満喫しているところですが、こうしていられるのも、夫と過ごした日々、姑と過ごした日々が、幸せだったからだと思います。

「これからは、別の人生も生きてみたい」――それが本音でした。

そして、自分が幸せであったことに感謝しながら、今も生きています。


周りの人に支えられてきたこと。

大切な人に守られてきたこと。

助けてくれる人がいたこと。

気に掛けてくれる人がいること。

生きていくお金があること。

自分を生かせる仕事があること。

夢中になれる趣味があること。

そうして自分の幸せを支えてくれている、さまざまなことに思いを馳せ、感謝して生きることは、本当に幸せです。

まるでひとりで産まれ、ひとりで生きてきたかのように、ふんぞりかえって、人の言葉に耳を貸さず、やりたいようにしていたら、いずれ本当に孤独になります。

自分を貫き、わがままを通したければ、周りへの感謝を決して忘れないことが、そのわがままを認めてもらえる結果になると思います。

「自分を知る」と生きやすくなる

いくつになっても、誰にでも、可能性は無限にあります。

だからといって、「やればなんでもできる」というのと、それは違うのではないでしょうか。

親は、よく子どもに「やればできる。諦めちゃダメ」と諭しながら、親が決めた習い事や、子どもが苦手としている勉強やスポーツなどをやらせようとするものです。

しかし、できることもあれば、できないこともあるのが人間です。

好きなことがあれば、嫌いなこともあります。親しくしたい人もいれば、疎遠にしておきたい人もいます。それが普通です。

4章

「自分らしく」生きるとは

いくら頑張っても、どうにもならないことはあるものです。

私が親しくしている友人の娘が訪ねてきて、子どもをどこの学校に通わせようかという問題で、夫婦共にひどく悩んでいるという話をしてくれました。めぼしい学校を見つけては見学に行き、やっぱりうちの子には無理かしらと思い悩み、また別の学校を探しては足を運んだりと、忙しくしているようでした。

それからしばらくして、また彼女が我が家に来てくれたとき、私はこの夫婦がどのような結論を出したのか知りました。

「私とあなたの子どもなんだから、天才じゃないはず。高望みせず、あの子に合った適当なところに行くのが、一番の幸せじゃないかしら」

そんな結論に至ったそうです。

私は、この夫婦の考え方に大賛成で、素晴らしいと思います。

自分たちの子どもなんだから、高望みするのはやめよう。ただ、子どもの幸せを願い受け止めよう。

そう考えたら、親も子どもも、途端に気が楽になったそうです。

すべての親がそんなふうに考え、子どもを受け止めることができたら、苦しんだり、心をゆがめたりする子どもたちが、いなくなるのではないでしょうか。


自分という人間がどれだけのものか。


私たちは、それを知っておかなければならないと思います。

自分がどれだけちっぽけなものか、という意味ではありません。

自分ができること、やるべきこと、そして自分はどうありたいと思っているかを、知っておくということです。

「自分を知る」というのは古い言い回しかもしれませんが、それによって人は生きやすくなります。

やるべきこと以外のところで、無用な努力や競争をしなくてもすむからです。


自分ができないこと、やらなくていいことは、諦めてしまいましょう。

諦めるというよりは、切り捨てるといったほうが適切かもしれません。

自分に必要のないものを切り捨てる。言い方を変えれば、自分に必要なものを選び取るということです。

そうやって、生き方の方向性を自分で考え、選んでいく。

この過程を経ることで、人生がより豊かになるのではないでしょうか。


行動を起こす前に、考えてみましょう。

ゆっくりイスに座って、リラックスして、自分のこれまでのことを振り返ったり、これからのことを考えたりしながら、自分自身について腰を据えて考えてみたいものです。

どうしたいか。どうありたいか。
いらないものは何か。
まずは、何からはじめてみるか。

私たち人間に備わっている「考える」という能力を、多くの人が使わなくなってしまったように思います。もったいないことです。

考えない人は、「友人に勧められた」「インターネットで評判がよかった」「テレビ番組で取り上げられていた」「雑誌で特集されていた」というだけで、それがとても良いものであると、簡単に信じ込んでしまいます。

周囲の言葉に踊らされるばかりで、自分で考え、結論を出すことを放棄しているのです。

現在の日本に詐欺が横行し、手口が非常に巧妙であるとはいえ、多くの人がまんまと騙されるのも、「考える」ことをしないからではないでしょうか。

4章

「自分らしく」生きるとは

私たちは、もういい大人を何十年もやってきたのですから、自分の望みや志向はわかっているでしょう。それを踏まえて、考えてみましょう。

やれること、やりたいことは、きっとすぐに見つかります。

「ありがとう」という一言

今の私は文章を書くことを仕事にしています。評論家であった夫からは、

「言葉は、お金と同じに考えなさい。余計な言葉、修飾の多い言葉を並べた文章ほど、読みにくいものはないよ」

と、年中言われていました。

最近思うのは、日本人の言葉の使い方が下手になっているということです。

私自身が歳をとったせいでもあるでしょうが、若い人たちが日常使っている

4章

「自分らしく」生きるとは

言葉は、私の耳にはきれいな響きには聞こえません。

また、テレビやラジオから聞こえてくる日本語も、最近は耳障りなものが増えました。

とくにバラエティ番組で笑いをとるような場面で、けなしたり、からかったりして、人を笑い者にすることで場を盛り上げようとするようで、芸とは呼べないと思います。

それは、私が今の時代の中で、生きていないということかもしれません。


だから細かい日本語の問題を、指摘しても仕方がありませんが、ひとつだけ、言葉はシンプルなほうが、相手の心に響くということをいっておきたいのです。

言葉を必要以上に重ねるよりは、本当に心から思っていることが素直に出てきた一言、二言があれば、それで十分なのです。


私の姑が、我が家の離れのプレハブ小屋に住むようになった顛末は、すでにお話しました。それから毎日、食事の時間になると、私は小屋に訪ねていって「ご飯ができましたよ」と声をかけました。すると必ず、

「はい、今行きます。ありがとう」

と、姑の返事が返ってきたものです。

とてもシンプルな言葉です。けれど、私はこの「ありがとう」という姑の一言を聞いて、「夕食を用意してよかった」「またおいしいものを作ってあげよう」と思ったものでした。

言葉使いは、一朝一夕にどうにかなるものではありません。ですから、まずは、ひとつの美しい日本語を大事にしてみてはどうでしょう。

おすすめは、やはり「ありがとう」。

たった五文字の言葉ですが、素直に「ありがとう」と言える人は、案外少ないものです。

最近、いつ、誰に「ありがとう」を伝えたか覚えていますか。

覚えていない人は、次のチャンスをうかがってください。

たとえば、荷物を届けてくれた運送屋さん、季節の食べものを送ってくれた知人、庭の手入れを手伝ってくれた家族など、たくさんの人に感謝の言葉として、「ありがとう」を伝えたいものです。

様子を気に掛けて電話をくれる身内や友人、食事やお風呂の用意をしてくれる家族、仕事でお世話になっている人にと、ありがとうの機会は常にそばにあります。

「ありがとう」が素直に言えるようになったら、次は何かを頼むときに「すみませんが」とか、「お使いだてしますが」といった言葉に、挑戦してみてはどうでしょうか。

響きが美しく、人間関係を円滑にしてくれるこういった言葉を、大切にしていきたいものです。

自分に「足りないもの」ばかりを数え上げない

生きて年月を重ねる中で、私たちはさまざまな人に出会い、さまざまなことを経験し、それらへの対処法を身につけていきます。

すると、不思議と物事に対してのこだわりがなくなったり、何事も落ち着いて受け止められるようになったりします。

しかし一方で今まで以上に、執着心や嫉妬心が強くなっていく人もいるようです。

欲望や嫉妬といったものは、多かれ少なかれ誰の心の中にもあります。

自分より幸せそうな人、金銭的に恵まれている人、仕事で成功している人、若々しい人、未来の可能性に満ちている人を見て、嫉妬を覚えるのは、当たり前のことです。考えまい、思うまいとしたところで、湧いてくる感情はどうにもなりません。

もっと幸せになりたい。
もっと裕福になりたい。
もっと成功したい。

この感情は、人としてあって当然のものです。

ただ、欲や嫉妬ばかりが心に渦巻いているような人は、裏を返せば、
自分はまだ幸せじゃない。
自分はまだ完璧ではない。

と、自分自身の悪い部分についてばかり考えている、ということでもあります。

自分に足りないもの、至らない点ばかり数え上げて、四六時中それについて考えていたら、自分を嫌いになってしまいそうです。

何度も言いますが、欲や嫉妬の感情は、あって当然のものです。

だから、突き詰めて考える必要はありません。湧いてきて当然の感情を否定したり、批判したりすることで、わざわざ自分を苦しめることはないのです。

もし、欲や嫉妬を抑えきれなくなり、周りの人への攻撃や批判につながってしまうようなら、もっと自分のいい面に目を向ける努力をしたいのです。

すでに持っているもの、できること、やってきたこと、身につけた技術や、家族、友人の存在をひとつずつ数え、それらが自分にあることに感謝したほうが心が豊かになります。

人はみな、何かしら自分にしかないものを持っているのに、自分以外の人が持っているもののほうが、素晴らしく見えてしまうようです。それは、ないものねだりでしかありません。

自分の手の中に、すでにあるものの価値を、もう一度確認してみてはどうでしょう。

もうこれで十分。

そんなふうに思える、自分らしい願いを持ちたいものだと思います。

ものに囲まれた暮らしがあってもいい

ここ何年か前から、「断捨離」という言葉がマスコミをにぎわすようになりました。

これは、不要な持ち物を捨て、手放すことで、ものへの執着をなくし、身軽な生活を実現しようとする考え方です。

ものが最低限しかなければ確かに部屋は片付くでしょうし、雑誌で見るようなモデルハウスのような空間が好きな人には、いいことだと思います。

私も以前夫と、必要なもの以外すべて処分しようとしたことがありました。

たとえば、飲みもの用のコップはひとつにしようとしたのですが、「お番茶を飲むなら、やっぱりあの益子《ましこ》でいただくのがおいしいわね」といった具合に、どうしても捨てられないものが、出てきてしまったのです。

すっきり暮らせることは理想ですし、私もそれを望んではいますが、実行するのはなかなか難しいものです。今となっては、体力的にも能力的にも、自分ひとりで家中を整理することはできません。

それに私は、戦争を経験した人間です。もののない時代を生きてきました。食べものや道具が、また手に入る保証はなかったのです。

たとえば戦争中、バターなどそうそう手に入れられるものではありませんでしたが、ときどき赤坂のさるお店で売りに出されることがありました。

ただし、そこでバターを売ってもらうためには、以前買ったバターの紙の空箱を持っていかなければなりませんでした。ですから空箱といえども、決して捨てられなかったのです。

そういった経験をしているので、簡単にはものを捨てられません。

いただきものをすれば、包装紙や袋はきれいにとっておきます。

着古した木綿のTシャツなどは、とても吸水性に優れており、雑巾に最適なので、すべてとってあります。

油をこぼしたときや、雨で濡れた窓枠を拭く、汚れた靴をきれいにするときなどなど、使い捨て雑巾として使うととても便利です。


しかし、私などまだ序の口です。

以前、我が家で長く働いてくれた、家政婦さんがいました。

彼女は、私が小さくなった消しゴムや、先の折れてしまったナイフや、そのほかの使えなくなったものを捨てておくと、それを拾って押し入れの中にしまっていたようなのです。

私は知らなかったのですが、あるとき家にネズミが出て、殺鼠剤のお団子を作って、あちこちに置かなければならなくなったとき、彼女は押し入れから私が捨てたはずの折れたナイフを持ち出してきました。

「こういうときに役立つんです。だから、捨ててはもったいない！」

と、叱られてしまいました。思ってもみないところで捨てたはずのナイフが登場したので、びっくりしたものです。

捨てると部屋も心もすっきりする、という効果はあるでしょう。

でも、逆に捨てることがストレスになる人もいます。

まだ役に立ちそうだからとっておきたい、もう一度役立ててから捨てたいと思うのなら、それでいいと私は思います。無理して断捨離ブームにのることはありません。

ものがあろうが、なかろうが、どちらでもいいのです。

自分がそこで幸せに暮らしていけるかどうかが、一番大切です。

人それぞれ「幸せ」は違う

幸せの定義などありません。

人それぞれ、これもまた価値観が違うからです。

ある人は、幸せとはお金持ちになることだ、と考えるかもしれません。もちろん、それも幸せのかたちのひとつでしょう。

ただ、お金持ちになることで、すべての人が満足できるとは思えません。

お金があっても、人間関係がうまくいかず悩んでいる人はいます。

愛に飢えている人もいるし、仕事に悩んでいる人、病気で苦しんでいる人もいます。

お金で解決できることもたくさんありますが、お金だけでは解決できないことも同じくらいたくさんあるのです。

ですから、幸せが何かを定義づけることはできません。

あえて言うなら、自分にとって一番の喜びを感じられる生活を送れているのだとしたら、それが幸せといえるのではないでしょうか。


年齢によっても違います。

私の若いときを思い返してみると、「お金がほしい」というよりは、楽しく暮らしたいという思いが強かったように思います。いい人に巡り合えるなら、貧乏暮らしでも構わないという気持ちでした。

今、私の幸せは、何度も言うように自由でいることです。

誰にも気兼ねすることなくひとりで暮らし、健康で、好きなものを食べられる。それが本当に幸せなのです。

もちろん家族がいたころは、家族みんなで、健康に楽しく暮らしていくことができたら幸せだと思っていました。

幸せは、そのときどきで変わります。

また、幸せのかたちはみなそれぞれ違います。そして、幸せはひとりにひとつずつ、というわけではありません。ですから、

「これが自分の幸せ！」

と型にはめ込まないで、何を幸せと思うかについて、見直すこともあるでしょう。三十代、四十代、五十代、六十代……、幸せは必ずしも同じではないはずです。

変わることを恐れない。

その勇気を持つと、人生楽しく過ごせると思うのです。

それを実現するためにできることに、まずは取りかかってみる、それが幸せへの一番の近道です。

5章 人生をどう「しまう」か

下り坂の風景も楽しい

歳をとるにつれ、財産は過去だけになっていきます。未来に自信が持てなくなるからでしょう。

ゆっくり歩くことしかできなくなり、ものを拾うためにしゃがむのも一苦労で、記憶力も悪くなり、病気もするようになります。そうやって、失われていく能力をひとつずつ数えていると、ますます落ち込んでしまいます。

ですから、失ったものを数えるより、今できることを数えてみる、失ったものを惜しむより、今ある能力を活かす方法を考える。そのほうが、毎日がずっと楽しくなることを私は体験しました。

能力が失われていくのも、悪いことばかりではありません。

自分でできないことが増えると、それができる周りの人たちが頼もしく見えてくるものです。

ときどき訪ねてきてくれる私の姪が、重い荷物を運んでくれたり、部屋の片付けを手伝ってくれたりするのを見ると、「よくやってくれているな」「力があって若々しいな」と感心します。

若いときの自分は、荷物を持つことも、片付けをすることも、「これくらいできなくてはおかしい」くらいに思っていました。でも、体がうまく動かなくなった今、それが当たり前にできるのはすごいことなのだと素直に感じます。

こうして、相手のことがよく見えるようになりました。

同時に、歳をとったらあれこれできなくなるのだから、「若いときの自分は、こんなにすごかった」などと自慢しても仕方がないのだな、ということもわかってきました。

老いることで、さまざまな人の優しさや、素晴らしさや、能力に気づくことができる。だから私は、よくこう言っています。

「下り坂の風景もとってもいいものよ」

人生を山登りにたとえると、この言葉の意味をわかってもらえるかもしれません。

山に登るとき、要するにまだ若く、人生まだまだこれからというときは、とにかく一生懸命です。

若いときは、自分に不可能などないような気がするものです。健康で、体力に自信もあります。だから、たいていのことはできるつもりでいます。

ただ足下は不安定ですから、自然とうつむきがちになり、視線は下に向いてしまいます。

一生懸命になる分だけ、周りが見えていないのです。

一方、山を下るときは、逆にゆっくりゆっくり歩くものです。視線も上がり、風景を楽しむ余裕も出てきます。

人生における下り坂とは、要するに、歳をとって、人生の折り返し地点を通り過ぎ、仕事もプライベートもある程度の結果を出したあとのことです。心には余裕が出てきます。周りに目が向くようになり、若いときには見えなかったいろいろなことが見えるようになります。

そして、下り坂の風景もいいものだな、と気づくようになるのです。

ここでもし、できなくなったことや、失ったことばかりを惜しんでいたら、自分を取り囲む美しい風景も色あせて見えてしまうでしょう。ですから、今あるもの、できることに焦点を当てることが大切だと、いつも自分に言いきかせています。

下り坂の風景とは、具体的にどういうものでしょうか。

たとえば、三十代で見る夕日も、六十代になって見る夕日も、美しさには変わりはありません。

しかし、忙しく、しなければならないことが山積みで、時間に追われている三十代は、美しい夕日に一瞬足を止めるだけで、またすぐに歩き出してしまいます。

下り坂の年になれば、時間はたっぷりあります。

体も弱くなってきて、休み休み歩くようになりますから、ちょっと歩みを止めて、腰かけて、日が落ちていくのをゆっくり眺めることも、楽しめるのです。

歳をとってみて、若いときにはできなかった年寄りなりの楽しみ方を、私も知りました。

ゆっくり落ちていく夕日、道端に咲く可憐な花々、花に寄ってくる虫たち、木々に集う鳥のさえずり、屋根を打つ雨音、一点の曇りもない青い空、星散る夜空に輝く月、忙しく行き交う人々。

そんなもろもろのことを楽しみ、慈しむ気持ちに、より深いものが生まれてきたような気がするのです。

5章

人生をどう「しまう」か

これは経験しなければ、わからないものかもしれません。

何かを失う。

それは必ずしも悪いことばかりではありません。

失うことで、新しい喜びが生まれることもあります。

下り坂の風景がたっぷりと楽しめるのも、何かを失って何かを得たと思う人生の智慧《ちえ》かしら、と考えたりしています。

歳をとってみてよかった

ひとり暮らしをしていると言うと、

「不安でしょう」

とよく言われます。

確かにひとりですから、突然倒れたらどうしようとか、外出から帰って、いきなり泥棒と顔を合わせたらどうしようとか、思わないこともありません。

しかし、それはひとり暮らしの人に限った不安ではないと思います。不安など誰にでもあるものです。若い人だって不安でしょうし、家族と暮らしていたって不安があることには変わりありません。

不安なんて、生きていれば誰にでもついてまわります。扉にいくつカギをかけても、何人もの人たちに囲まれて過ごしても、不安と縁を切ることはできません。

一方で、この歳まで生きると、気持ちが揺れ動くことが少なくなってきたと感じます。欲望が失われていくからでしょう。

先が短いことを考えると、必要以上にお金があっても仕方がない。だから金銭欲は薄れていきます。若いころのように仕事で競争心を燃やしたり、怒りに我を忘れたりすることもありません。

それに私はもう一世紀近く生きてきたので、明日死ぬかもしれないことを恐れてはいません。夫が死んだ三十年前から身辺整理を済ませ、そのための準備をしてきたのです。

ですから、残る欲望は食欲くらいのものです。

すると、生きることがとても単純化されます。あれもこれもは手に入れられなくても、ひとつだけうれしいことがあれば、十分に満足できます。

旬のお野菜を送っていただければ、頭の中はどうやって料理しようかしら、どんなにおいしいかしらという考えでいっぱいになり、一口食べれば笑顔になれます。

歳をとることで、人はどんどんさわやかになることができるのだなと、私は実感しているのです。

たとえ人間関係で不快な思いをすることがあっても、「そういうものかな」と自分の中で気持ちを整理する術がすでに身についています。私は仕事を持っていて、忙しいときもありますが、自分のためにやっていることですから苦になりません。

だから、心はいつも穏やかです。とくに私はひとりですから、たいていのことを自分のやりたいようにやれるので、さらに穏やかでいられるのです。

最近のことですが、私は少し体をこわしてお医者さまにかかったことがあり

ました。そのとき、

「百歳近くまで生きたら万々歳ですよね。手術しますか？」

と先生に尋ねられたのです。手術しても、今よりよくなるとは限らないとのことでした。

私はすぐ、「しません」とお答えしました。

こういう会話が成り立つことが、幸せのあかしではないでしょうか。

まだ死にたくないとか、早く楽になりたいとか、そんな不安に怯えながら生きていたら、苦しくて仕方ないでしょう。でも歳をとったおかげで、私は不安に心を乱されることがなくなったのです。

歳をとってみてよかった。

今、私はそう思っています。

「誰かのお役に立てる」という生きがい

年齢は、たいていの場合まず体にあらわれます。

足腰がうまく動かせなくなったり、病気になったり、けがをしたりしたとき、多くの人が寄る年波には勝てない、と思うものです。

それがきっかけで、出かけるのが億劫になって、家にこもりがちになり、何だか社会から切り離されてしまったような気がして、孤独感を覚える人もいるようです。

でも、ものは考えようです。

家にいながらであっても、社会との関わりを持つことはできます。社会を、家の中に呼び寄せればいいのです。

夫が亡くなったあとも、私が「むれの会」を続けてきた理由のひとつは、そこにありました。

月一回とはいえ、この勉強会のために割く時間は少なくありません。

まずは掃除をし、部屋を整え、スリッパを用意したり、お茶の支度もあります。資料を揃えておく必要もあります。

会のあと会食しますから、必要な支度もあるし、そのための用意もしておきます。

主催者としてのこうした場所の準備をすることが、私の生活にいい緊張感を保たせてくれています。ただ、ひとりではできなくなったので、手伝ってもらう会員と相談します。こういうことも大切な仕事なのだと思っています。

そうまでして続けてきたのは、たくさんの方たちが来てくださるからです。私にとって、社会のほうが我が家の中に入ってきてくれる機会があることが、とてもありがたいからです。

さまざまな人と関わり、多種多様な情報や感情に触れることは、いくつになってもかけがえのないものです。

ひとり家にこもりがちになるより、社会を家に呼び寄せるということも、考えてみるといいのではないかと思います。人は誰かと関わって生きたいものだと、私は思っていますので。

ただ、家に人が入ってくるのを、好まない人もいます。
掃除が行き届かなかったりするからでしょうか、他人に家の中を見られるのが嫌なのでしょうか。

私だって、すべての部屋をすみずみまできれいにしているわけではないし、日によっては散らかっていることもあります。

しかし、それを見られることを恥ずかしがって、他人をシャットアウトするよりも、気にせずオープンにして招き入れるほうが、自分にとっての楽しい時間が増えるのです。

自分の知らない耳よりな情報や、行ったことのない場所の話を聞く。若い人たちの斬新な意見に触れて驚かされる。同年代の人たちと語り合って共感を覚える。共通した趣味を持つ友人と議論する。身内の近況に耳を傾けたりする。そういった時間を過ごすことが、人生の充実につながります。

難しく考えることはありません。

手始めに、「お茶を用意するから」と、近くに住む親戚や友人を招待してみてはどうでしょうか。

もし、何らかの特技、たとえば習字や裁縫、料理など得意なことがあれば、私の姑が英語教室を開いたように、教室をはじめるのもいいかもしれません。まずはご近所の気心の知れた方に声をかけて、お茶飲みがてら気軽に集まってみてはどうでしょうか。

男性なら、趣味を仲間と楽しむのがおすすめです。囲碁や将棋などの趣味があれば、同じ趣味の人に対局を持ちかけてみるのもひとつの方法です。何人かに心当たりがあれば、碁盤をいくつか持ち寄って、碁会所、将棋道場に代わる場所として、仲間内にだけ家を開放することもできます。

私の夫は生前、

「老後に大切なことは、その人の人生でもっとも確かに身につけたものを活かして、社会とのつながりを持ち続けること。『誰かの役に立っている』と思えることが、その人の生きがいになる」

とよく言っていました。

人を家に招き入れるのも、勇気かもしれません。

人に教えるのはまず、自分の勉強になります。

人とのつながりは、まさに社会とのつながりです。

自分から外に出て行かなくても、世の中とはつながっていられるのです。

知らないことがあっていい　間違うことがあっていい

歳をとってくると、自分よりも若い人との付き合いが、どうしても教えたり、諭したりといった方向へ行きがちです。

上下関係のために説教くさくなるのは、年齢に関係ないかもしれませんが、歳を重ねると余計にそうなりがちのようです。

さらに、年下の相手から反論されたり、間違いを指摘されたりすると、ばつが悪くなって思わず声を荒げてしまう……。そういう人もいるでしょう。とても、もったいないことだと思うのです。

相手がどんな人であっても、教えられたり、指摘されたりしたときは、

「ああ、そうか」

くらいに受け止めます。

人間、いくつになっても知らないことは無数にあるし、それが当たり前です。百年近く生きても、毎日、知らなかったことに出会います。物忘れは多くなるし、できたことができなくなるほうが日常です。

だから知らないことがあってもいいし、間違うことがあってもいいと思っています。


私の甥の娘は民俗学に興味を持ち、大学で研究していたのですが、我が家にちょうどよい資料が揃っていたこともあって、よく訪ねてきていました。

私も民俗学はかじっていましたから、いろいろと質問されて話が盛り上がりましたし、卒論のテーマを何にしようか、なんて相談にものったものです。

しかし、かじっているとはいっても、本格的に研究している彼女に比べれば中途半端です。いつの間にか知識は追い越されてしまいました。

私が「それは、こうなんじゃないの？」と言うと、「違うよ、おばちゃん！」なんて指摘されることもしばしば。

私は、彼女とこういうやりとりができるのが、とても嬉しいのです。その著しい成長がうかがえるうえ、新しい知識を得ることもできます。だから、

「あら、そうなの？　知らなかったわ」

と素直に驚きます。

そうすれば彼女も、私には話を聞いてもらえる、とわかるわけです。さらに詳しいことや、興味深い話を喜んで聞かせてくれます。

お互いに幸せで、充実感溢れる時間を過ごせています。


知らないこと。

わからないこと。


それを否定する必要はありません。

若い人から、教えられることがあってもいいのです。

突っぱねるより、受け入れる勇気を持ったほうが、かえって物事はいい方向にむかうものです。

物事は経験だけで判断できない

昔はよかった。

私たちの若いころはこうだったのに。

しかし、今の若い人たちときたら……。


そう嘆きたくなるときも、あるかもしれません。

けれど、そこで終わってはいけないと思うのです。

私たち歳をとった者が考えるべきことは、まず、

「自分たちはこうだったけれども、今は違うかもしれない」

ということではないでしょうか。そういう考え方が、生きるうえではとても

大事だと私は思っています。

私の姑は外交官の妻でしたから、英語が堪能でした。

そこで、舅が亡くなり私たちと同居するようになってから、英語を教えるように勧めたのです。

最初は「もう七十五歳だし、私なんか……」と尻込みしていた姑でしたが、私と夫で説得して我が家で教室をはじめてみると、楽しくなってしまったようでした。ある日、

「私の英語は五十年前のロンドンで身につけたものだから、今はどんな言葉が使われているのか、実際にロンドンへ行ってみたい」

と言いはじめたのです。

姑が八十歳になろうとしていたころでした。

私はそのとき、なんて素敵なことだろうと思ったのです。

姑が外交官の妻としてイギリスで生活していたころは、西欧式にならって生活したそうです。たとえば、上流社会での子育ては、養育係を専属でつけて育てさせたといいます。

姑も無理してナース（乳母）を雇い、その下で働くお手伝いまで雇って自分の子ども、つまり私の夫を託し、西欧風の教育を受けさせたといいます。

しかし、そのころの西欧社会に比べれば、現在はかなり状況が変わっているはずだということで、姑は自分の目でそれを見てみたいと考えていました。

そこで、ナースとして雇っていた人がカナダに住んでいたので、彼女を頼って私と姑で行くことになったのです。

当時、日本人がそうしてカナダへ足を運ぶことが珍しかったようで、またかつての付き合いの関係もあり、あちらこちらにパーティーに呼ばれることになりました。さすがに姑はお手のもので、立ち居振る舞いがとても素敵だったのをよく覚えています。

歳を重ねれば、自分の中に自ずと蓄積されたものに対して、自信もついてきます。これだけやってきた、という実績に満足感も湧いてきます。

しかし、そうして蓄積されたものだけを根拠にして、若い人を批判するような人を見ると、私は姑の言葉を思い出すのです。

現状に満足せず、どんどん新しいことに挑戦できる。

昔取った杵柄《きねづか》に頼らず、もっともっと前向きになれる。

年齢をものともせず、知らない世界に飛び込める。

その勇気を持つことが大切だということが、私が姑から教わったことの一つです。


たとえば、十代の人たちに疑問や不満を感じたときは、ちょっと一呼吸おいて、考えてみます。

どうして、今の十代と、自分の十代はこんなに違うのだろう?

もう一度自分がこの時代に生まれたら、どうなっているだろう?

5章

人生をどう「しまう」か

今の時代にはあって、昔にはなかったものは、なんだろう?

そういう風に考えてみる余裕を持つと、自分の知っていること、経験したことだけで、今を生きている人を判断するのは違うのではないかと、私は思います。

自分の「老い」に正面から向き合う

今、いちばんお金を貯め込んでいるのは、高齢者だと言われます。

経済社会や政治は、年寄りの財布の紐を緩めようと、あの手この手で迫ってきますし、振り込め詐欺のメインターゲットは高齢者です。

しかし、高齢者も本音では、お金を貯め込むより、使えるものなら自分のため、家族のために使いたいと思っているでしょう。

一方で、医療制度、年金制度など、今後どのように変わっていくかわからず、先行きに不安がありすぎて、お金を貯め込む一方になっているのです。

あくまでこれは私の考えですが、日々の生活費の他に、いざというときの治療費と、介護費用、もしくは老人ホームに入れるだけの貯蓄があれば、十分ではないかと思います。

私は今も仕事をしているので、現在の自分のために必要なお金は使っています。まず、食べることに関してのお金を惜しみません。

また、足が心もとないので積極的にタクシーを使います。この歳ですから、歩くのも、電車に乗るのも一苦労なのです。タクシーを遠慮なく使うことで、外に出るのを面倒に思わずにいられるという利点もあります。

つまり、食費と交通費はケチをしないというわけです。

仕事のため、自分を楽しませるには、お金を使うのが私の生活スタイルです。趣味に使うのもいいですし、便利な家電に買い換えるなど、生活の快適さを向上させるのもひとつの方法。旅行を楽しんだり、評判のレストランに足を運んだりするのも素敵です。

お金を貯めずに、使う。

一握りの勇気がそれを現実にしてくれます。

今を目一杯楽しんで生きるために、お金を役立てるということです。


ところで、「老人ホーム」がどんなところか、具体的に知っていますか。

家族が老人ホームでお世話になっている方なら、様子を見たことはあるでしょうが、いざそこで自分自身が生活する姿を想像したことはありますか。

私はマンション形式の有料老人ホームが、開設されはじめたばかりのころに、数カ所の施設に体験入居で二、三日ほど泊まってみたことがあります。

サービスなどについては長くいないとよくわかりませんが、私が気になったのは、食事風景でした。私が宿泊した施設では、各自の部屋は個室ですが、食事は食堂に集まって食べるシステムになっていました。毎朝毎晩、いつも同じおじいさん、おばあさんたちと、食卓を囲むことになります。

自分も十分おばあさんなわけですから、お互いさまなのですが、ずっとそれが続くと思うと、どうにも気が進まなくなりました。

ほんの数日では、周囲と親しくなれなかったということもあります。

ただ、親しくなるのも考えもので、なかには依存心の強い人がいて、他人の部屋に入り込んで、相手の都合も考えずに話し込んでしまうといった問題が、現実に起こっているそうです。


いざ老人ホームに入ろうという段になってから、受け入れ先を探しはじめたのでは、希望の条件に見合う施設を見つけるのは難しいとも聞きます。

入居してから後悔したくないですから、まだ健康で動けるうちに、将来お世話になりたいと思える施設を、探してみるのもいいでしょう。

そうすることで、「いずれ自分は施設のお世話になるのだ」という心構えができます。

言いかえるなら、自分の老いについて、正面から向き合うということです。

自分自身の老いから目をそらさず、現実として受け止めることは、身辺整理の第一歩になります。

また、具体的に将来どれくらいのお金が必要になるかも明確になりますから、財産や貯蓄について見直す機会にもなるはずです。

家族にも相談することで、老後のこと、自分が死んだときのことなど避けてしまいがちな話題について、話しあう機会を持つこともできます。

人生の最期について、真剣に考える勇気を持ちたいと思います。

「いい人生だった」と心から思うために

夫が亡くなってひとりになったとき、
「私が死んだら、後始末をどうしようかな」
と考えたことがありました。子どもはいませんので、誰かの手を煩わすことになるからです。

あるとき、近所のお宅が取り壊されることになりました。たまたま現場に通りかかって驚きました。ショベルカーで家をえぐるようにして、豪快に壊しているのです。一気に壊し、残骸をトラックに積んで運んでいきます。二、三日もするときれいな更地になっていました。

なるほど、この手があるじゃないか。

そう思って少し安心したのです。

すでに遺言は用意してあります。身辺整理を行なったのは三十年前のことですが、最初に立ち会ってくださった弁護士の先生は、もう亡くなられてしまいました。次にお世話になった先生も亡くなって、私の遺言は今、三人目の弁護士先生の手元にあります。

遺言書には、いくつかのことが明記されています。まず、無理な延命処置をしないこと。お葬式をしないこと。それから、家や残っていれば預金の処分についても決めてあります。

生活はシンプルにするのが、私たちの年代の考え方です。財産は持たずに生きていこうと考え、やってきました。書棚も食器棚も、家具は家に作り付けになっていますから、家と一緒に壊すしかありません。私が死んで残るものは、我が家の書棚や戸棚に所狭しと並んでいる本だけです。

幸いなことに、本を受け入れてくださる図書館が見つかっているので、そのようにお願いするつもりです。

それからもうひとつ、献体の登録をしています。死んでからでも社会の役に立てるように、死後私の体は大学病院に献体されることになっています。

人生のしまい方を考えることに、躊躇する人は多いと思います。自分の死と向き合う必要があるからです。

でも、死は避けられません。生きている限り、いつか死にます。あなたの人生はいつ終わってもおかしくありません。

だから、最期の瞬間に「いい人生だった」と言えるように、今を楽しく暮らしたいと思っています。

残していく人たちに、いらぬ面倒をかけたくないと思えば、そのためのしまい方を考えておきたいと思います。

自分の人生の終わりと向き合うとき、

私には、このくらいの人生がちょうどよかった。
いい人生だった。
そう思えれば、それでいいではありませんか。
終わりのときまで欲張っても、仕方がないと私は思うのです。

おわりに

夫が亡くなった三十年前、その後の自分がこれほど長く生きるものとは思っていませんでした。

今、毎日をひとり気ままに、自分らしく、前向きに生きていけるのも、夫と姑と共に過ごした月日があってこそだと思っています。

人は老いるという現実を、私は二人にしっかりと教えてもらいました。だからこうして、自らの老いに直面しても、心穏やかでいられるのだと思います。二人から学んだことが、私の生活に息づき、支えとなっています。

また、ひとりになってからも、元気で楽しくいられるのは、たくさんの方とのおつきあいがあってこそです。

心の支えとなるたくさんの出会いや思い出に恵まれ、私は生かされています。ですから、一生懸命に、いい生き方をしたいと思っています。

では、「いい生き方」とは、何でしょう。

私は、「いい死に方」を考えることと同じではないか、と考えています。

自分の人生の終わりについて考えるのはつらい、という人もいるでしょう。でも、私はそうは思いません。自分の人生をどうしまうかについて考えるのは、「今をどう生きるか」を考えることと同じだと思うからです。

老いてくればなおのこと、人生に悔いを残さないために、自分の死と向き合い、死について考える一握りの勇気を持つことが必要です。

老いは怖いことでも、惨めなことでもないと私は思います。老いを嫌うのは、失われていくものばかりを数えるからです。

でも、年を重ねることでしか、得られないものもあります。

経験や知識は豊かになり、心は穏やかです。

嫌なことがあっても、自分の中で折り合いをつけ、気持ちを上手に切り替えられるようになりました。

生きた分だけ見る目が養われ、人の長所を見つけることも上手になりました。

夕日の美しさや、雨音のここちよさを、ゆったり味わう楽しみを知りました。


失ったものを嘆くより、今ある幸せをかみしめながら、楽しく暮らしていきたいと私は思います。

人はみな老いるのです。それなら、老いを避けるより、真正面から向き合ったほうが、残された人生を幸せに生きていけます。

私は毎日、家事をしたり、人に会ったり、仕事をしたりと忙しくしています。

そうしていると、老いを嘆いたり、孤独を感じたりする暇もありません。

そして、いくつになっても、「今がいちばん幸せ」と笑って言えるような老い方をしたいと思っています。

私は、今持っている幸せをかみしめ、毎日にあるささやかな楽しみを拾い集めながら、今日という一日を元気で過ごせたことに感謝しつつ、生きることを心がけています。

一日一日を、「今日が最高！」と思いながら暮らしていけたら、いつか迎える終わりのときには、「いい人生だった」と言えるのではないかと思うのです。

気ままなひとり暮らしを心の底から楽しんでいる私でも、ときには、同年代の方たちの多くがそうであるように、

「病気になったらどうしよう」
「ボケてしまったらどうしよう」
「家事ができなくなったらどうしよう」

といった不安が胸をよぎることはあります。

といって、クヨクヨと考えても仕方がないことです。

バランスよく食べることを心がけたり、適度に運動をしたり、早寝早起きしたりと気をつけることはできますが、それでも年をとれば体にガタがくるのは当然です。完璧な予防策などはなく、不安をつのらせたところで避けられるものではありません。

ですから、不安の先取りはしません。

その代わりに、今日自分にできることを考えることに集中します。今日を「最高の一日」にするために何ができるか考え、それに一生懸命になるのです。

考えてみれば、クヨクヨしたくなる理由は、先々ではなく、今このときにもたくさんあるのです。

視力が落ちて、好きな本を読みにくく感じるようになりました。ベッドカバーを替えるだけのことが、今では重労働です。重い荷物は持てないし、人の手を借りることも増えています。

だからといって、嘆いてもはじまりません。

同じ生きるのであれば、楽しく過ごさなければ損というもの。クヨクヨ生きても楽しく生きても、同じ一日なのですから、楽しく過ごしたほうがいいに決まっています。

また一日を、明るく過ごせた。

明日は明日でなんとかなるだろう。

それを積み重ねながら生きていけたら、老いの孤独や不安とは無縁でいられるのではないかと思うのです。

二〇一五年一月

吉沢久子

著者紹介

吉沢久子（よしざわ・ひさこ）

1918年東京都生まれ。文化学院卒業。家事評論家。エッセイスト。

女性が働くことがごく珍しかった時代に15歳から仕事をはじめ、事務員、速記者、秘書などをへて、文芸評論家・古谷綱武氏と結婚。

家庭生活を支える一方、生活評論家として生活者の目線で女の暮らしを考え、暮らしを大切にする思いを込めた執筆活動や講演、ラジオ、テレビなどで活躍。

姑、夫と死別したのち、65歳からのひとり暮らしは30年を超えた。

著書多数あり。

ほんとうの贅沢《ぜいたく》 〈検印省略〉

2015年　1　月　21　日　第　1　刷発行
2015年　2　月　18　日　第　2　刷発行

著　者――吉沢 久子（よしざわ・ひさこ）
発行者――佐藤 和夫

発行所――株式会社あさ出版
〒171-0022 東京都豊島区南池袋 2-9-9 第一池袋ホワイトビル 6F
電　話　03（3983）3225（販売）
　　　　03（3983）3227（編集）
F A X　03（3983）3226
U R L　http://www.asa21.com/
E-mail　info@asa21.com
振　替　00160-1-720619

印刷・製本　美研プリンティング（株）
乱丁本・落丁本はお取替え致します。

facebook　http://www.facebook.com/asapublishing
twitter　http://twitter.com/asapublishing

ISBN978-4-86063-706-4 C0095

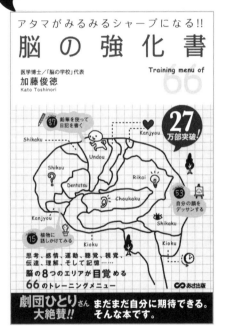

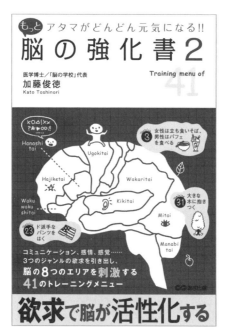